武士（さむらい）はつらいよ

江戸出府

稲葉 稔

目次

第一章　上役の秘め事知っていかがする

一

「八重の桜も散り、藤の花も萎(しお)れ、躑躅(つつじ)も見頃を過ぎちまったなぁ」

夏目要之助(なつめようのすけ)は妹の鈴(すず)といっしょに縁側に座り、蒸(ふ)かした薩摩芋(さつまいも)を頬張っていた。

「花は咲いたら散るものですよ、兄上。でも、菖蒲(あやめ)の花や芍薬(しゃくやく)や皐月(さつき)が見頃になってきますね」

ほう、と驚き顔で要之助は鈴を見る。

「でも兄上、菖蒲と杜若(かきつばた)ってどう違うかご存じ？」

「そりゃ……」

　要之助は遠くの空に目を注ぐ。どう違うんだ……。同じではないか？

「なあに。どう違うんでしょうね」

　鈴はにっこり微笑んで、薩摩芋を食べる。

「そりゃあ名前が違うだけだ。二つの呼び方があるんだ」

「ふうん」

　鈴は自慢げな笑みを浮かべ、言葉をつぐ。

「あやめという花もありますね。杜若にも菖蒲にも似てますね」

「さようか……」

　要之助はぬるくなった茶を飲んだ。どう答えたらよいかわからぬ。

「あやめとしょうぶは、どちらも同じ字で、菖蒲と書きますね」

「ま、そうだな。だから同じだろう」

「兄上、何をぼーっとした顔でおっしゃるの。字は同じでも違うのですよ」

「なら、どう違う？」

「しょうぶは花の真ん中というか付け根のところが黄色なんです。杜若は白いんです。そして、あやめは菖蒲に比べると茎が細長いのです。しょうぶは沼や溜(た)め池の水辺に咲き、杜若は湿ったところや水のなかに咲き、あやめは畑の畦(あぜ)や野原に咲くんです」

「ほう、そうであったか」

要之助が感心顔をすると、鈴はえへへと、自慢げに笑う。

「さては藩校で教わったか……」

鈴は明学館という藩校に通っている。要之助も通っていたが、決して優秀ではなかった。

「いいえ、藩校の近くで会ったお婆さんに教えてもらったの。お年寄りはなんでもご存じなのね。だから歳上の人を敬わなければならないのだと思うわ」

「ま、そうだな。おれはぼーっと生きてるからな」

要之助は薩摩芋にかぶりつき、とたんに噎せた。

「ほらほら兄上、お茶をお飲みなさいよ」

鈴が湯呑みをわたしてくれる。要之助は胸をたたき、そして茶を飲みもう二、三度噎せて、やっと落ち着いた。

「兄上……」

鈴がまじまじと見てくる。ひとつ聞いていいかと言う。

「なんだ?」

「兄上はわたしとお話しなさるときは、乱暴な言葉遣いなのに、母上の前ではそうではありませんね。お城でもわたしと同じようにお話しになるの……」

「な、わけねえだろう。母上は口うるさいからそうしているだけだ。お城では上役が厳しいからな」

「すると、母上の前と同じようにお城でも言葉遣いに気をつけてるのね」

「そうするしかないからな」

「どちらが楽なの？」

「そりゃおまえとこうやって話しているときのほうが楽に決まっておる。なんでそんなことを聞くんだ？」

「気になっていたからですよ。でも、わたしも堅苦しい話し方は面倒だわ。町の子たちのように砕けた話し方をしたいと思うことしばしばよ」

「それはやめたほうがいい。おまえは女だ。いずれ立派な武家に嫁がなければならねえ」

「兄上だってそうではなくて。立派なお武家のお嫁さんをもらうのですからね」

　要之助はふと伊沢徳兵衛の顔を思いだした。亡き父の朋輩の検見奉行だ。面倒見のよい人で、勘定方の篠田主税の娘を勧められている。悪い縁談ではないが、要之助はまだ嫁をもらう気はないので、なるべくその話を避けるようにしている。

「ま、そうだな……」

要之助がぼんやりと答えて茶を飲んだときに、玄関に訪う声があった。

「あ、わたしが……」

鈴はひょいと立ちあがって玄関に向かい、すぐに戻ってきた。

「兄上、西島様よ。急ぎのお話があるそうです」

「主馬が……」

要之助が何だろうと思い玄関に行くと、西島主馬がいつになく深刻そうな顔で立っていた。要之助と同じ徒目付だ。

「なんだ、急ぎの話って……」

「ここでは言えぬ。ちょっと表で……」

主馬は家の奥を窺ってから言った。

「母上はおらぬ。いるのは鈴だけだ。気にすることはない」

「いや、表で話す」

どうやら他人に聞かれてはまずい話のようだ。要之助は下駄を突っかけて表に出た。

「どうしたらいいかわからないのだ」

表に出るなり主馬は落ち着かない様子で見てきた。普段は飄々としたおどけ者だが、垂れたげじげじ眉を寄せている。

「何がわからねえと言う」

「知ってしまったんだ。このままでは岡本久右衛門様がお家お取り潰しになるかもしれぬ」

「はあ……」

岡本久右衛門は千八百石取りの勘定奉行だ。

「なんで岡本様がお取り潰しに……」

主馬は門口から少し離れて、また振り返って立ち止まった。

「おれの家の近くに徒組の小林十三郎という男がいる。浅黒くて目鼻立ちのきりっとした男だ。そいつの家に出入りしている女がいる」

「それがどうした？」

「その女のことが気になったので調べたら、お稲という岡本様の側女だ」

「するとお稲が、岡本様を裏切って密通していると言うのか……」

「それだけではない」

話が長くなりそうなので、要之助は日差しを避けるために、近くにある欅（けやき）の下に行って話を聞くことにした。

二

「岡本様には伊織（いおり）殿というご子息がある。その伊織殿ともお稲は通じている節があるのだ」

「なんだと……」

要之助は目をしばたたいた。それから青葉を茂らせている欅の枝を見た。

「側女のお稲は、岡本様のご子息と徒組の小林とも通じていることになる。もし、このことが露見すればどうなる？」

「どうなるって……岡本様が知れば、お稲は無礼打ちにあうだろう」

「だが、それでは外聞が悪い。自分の側女に裏切られたとなれば、岡本様の名に傷がつくばかりでなく、世間に恥をさらすことにならぬか」

「ま、そうなるだろうな」

「ついでに岡本様がご子息の伊織殿と小林を打たれたりしたら、お家は安泰ではない」

「そうだな」

「それだけではないのだ。伊織殿がひそかに小林を狙われているようなのだ。もし、伊織殿が小林を斬ることになれば、また一大事ではないか」

主馬はげじげじ眉の下にある目を大きくする。

「そんなことになれば、ただではすまされんな。ご子息の伊織殿が小林を殺めれば、親である岡本様は責任を問われ、進退にも関わるだろう。悪くすれば……」

お家断絶という言葉を、要之助は呑み込んだ。

伊織は岡本家の惣領である。家督を継ぐ倅が人を殺せば、岡本家はそれで終わりになる。いや、逆のこともある。小林が伊織を殺せば、やはり岡本家は継嗣をなくし断絶になること必至だ。

もちろん、断絶を避ける手立てはある。それは伊織の死後、岡本久右衛門が新たな養子を迎え、後嗣とすることだ。その間、伊織の死は秘しておかなければならないが、武家においてはままあることだ。

「どうすればいい？　このことを上役に内談すれば、また大袈裟なことになりはしないか。下手に上申したために岡本家を潰すようなことになったら、おれが恨まれる。そうだろう」

　主馬は真剣な顔を要之助に向ける。

　要之助は足許にある欅の影を眺めた。木漏れ日があるので、影はまばらだ。

「お稲というのは、いわば妾だな。その妾が二股をかけているというのはまことか？　おまえはそのことをどうやって知った？」

　要之助は主馬に顔を戻した。

「小林の家にお稲が訪ねているのを知ったんだ。小林はもてそうな見た目のいい男だし、お稲もいい女だ。傍から見れば似合いの男と女ということになる。まあ、それだけならおれは別に気にはしなかった。ところが、お稲が岡本家の側女だというのを知って、これはただごとではないと思ったのだ」

「そのお稲が、岡本様のご子息の伊織殿とも通じているようなことを言ったな」

「それもたまたま知ったのだ。伊織殿がお稲と歩いているのを見たんだ。それも日の暮れた時分で、星乃川の土手道を歩いていた。あたりは薄暗いし人気もなかった。まあ、それだけならいいが、二人は手を取り合いお互いの体を柳の陰で寄せ合ってたな」

「そこで抱き合ったのか……」

「そのようなことだ」

要之助は顎を撫でて考えた。

「伊織殿が小林を狙っているとも言ったな。それはどうしてわかった?」

「伊織殿がときどき小林の家の前を通って立ち止まったり、小林の下城時を待っていたりしているんだ。ただごとではないだろう……」

「ふむ。すると、伊織殿は小林とお稲が昵懇の仲だってことを知っているってことか」

「おそらく、そうだ」

要之助はまた考えた。雲が日を遮り、あたりが少し暗くなった。

「悪いのはお稲じゃねえか。岡本様という主人がありながら、そのご子息と徒組の小林とも密通しているのだからな。で、そのことを岡本様は知らないのだな」

「知っておられれば、とっくに騒ぎになっているはずだ。お稲はうまく立ちまわっているのだ」

「奥様はどうだ」

知らないはずだと、主馬は首を横に振る。

「どうすればよい。知った手前、放っておけないだろう」

「ま、そうだな。どうしたらいいかな」

「それをおぬしに相談しているのだ。どうしたらよいと思う？」

主馬は詰め寄ってくる。

「おぬしの話だけを聞けば、お稲が悪い。ことが起きる前にお稲を口説いて改心させるしかないか……」

「おれはそんなことは苦手だ。おぬしが口説くか……」

「おれには荷が重すぎる」

「なら、いかがする？　大きなことになる前に誰かがやらなければならぬのではないか。知っていて、何もしなかったということが、あとあとわかれば、おれも責められる」

「なんだよ。そうなると、おまえに教えられたおれも責められることになるじゃねえか。まったく面倒なことを嗅（か）ぎつけやがって……」

「しかたないだろう。知ってしまったんだから」

要之助はうなるようなため息を漏らして、主馬を眺めた。

「お稲はどんな女だ？　武家の出ではないと思うが……」

「詳しいことはわからぬが、中町（なかまち）にある料理茶屋の女中をやっていたらしい」

するとお稲は茶屋の女中をやっているときに、岡本久右衛門に見初められ側女に取り立てられたのだろう。側女と言えば聞こえはいいが、要するに妾だ。

「お稲がご子息の伊織殿と徒組の小林と密通していることを知らんのは、岡本久右衛門様と奥様だけということになるが、ことが露見したらただではすまねえな」

「だから困っておるのだ」

「まずはお稲のことを調べて、脅しをかけてやめさせるか……」

「容易くいくとは思えぬが……」

「やるしかないだろう」

「ま、そうだな。されど、その前に伊織殿が小林を斬る。あるいは、小林が伊織殿を返り討ちにしたりすれば一大事だ。その前に手を打たなければならぬ」

「それはそうだが、明日は登城日だ。もう少しおれなりに考えることにする」

「要之助、おぬしだけが頼りだ」

主馬は胸の前で拝むように手を合わせた。

三

岡本伊織は眠れぬ夜を過ごしていた。枕許の行灯が薄暗い天井をあわく照らしている。屋敷内は静まっており、物音ひとつしなかった。行灯が消えかかっているのか、芯がジジッと音を立てた。

伊織は寝返りを打って、白い障子を凝視し、耳をすます。

（お稲は父の寝所か……）

そう思うと、胸が締めつけられて苦しくなる。夜具を剝いで部屋を出て、父の寝所をたしかめに行きたくなる。だが、もしお稲が父と同衾していたらと考える。嫉妬のあまり大声をあげて邪魔をするかもしれない。それはみっともないことだ。

伊織は必死に自分の欲望を抑えるしかない。来てくれ。そっと来てくれ、と祈るように胸のうちでつぶやく。

だが忍ぶ足音はいっこうに聞こえてこなかった。いっそのことお稲の寝間に行ってみようかと思いもする。しかし、そこへ父が訪ねてきたらどうする。

こんな思いにさせたのはお稲である。まさか、父の側女であるお稲が自分に言い寄ってくるとは思いもしないことだった。

　初めてお稲を見たとき、ずいぶん大人の女だと思った程度だった。これが父の妾かと、ある蔑み（さげすみ）の目で見ていた。ところがお稲は生来気さくで人なつこく面倒見がよい。

　母の登記代（ときよ）ともうまくやっているし、母もお稲を気に入っている。そのことは伊織にとってふしぎなことだった。

　なぜ、夫である父の妾と仲良くできるのだと思った。嫉妬しないのかと思いもしたが、母は平生の顔を崩すことなく、いまは末娘のお仙（せん）を育てることに熱心になっている。

　夫より娘が可愛いのだ。それに母が父の寝間に行くことはない。それどころか避けている節もある。ひょっとすると、父との夜の営みに飽きたかいやになったのかもしれない。さらには、お稲が来たことで安堵（あんど）しているようにも見える。

（そんなことはどうでもいい）

　伊織はかぶりを振って、また寝返りを打った。目の先に閉（た）てられている襖（ふすま）がある。その襖がそっと開けられないかと期待する。お稲の白くてやわらかい肌を想像する。

　最初、口を吸われたとき、ひやかし半分の冗談、あるいは歳上女の悪戯（いたずら）だと思った。そのじつ、お稲は悪戯っぽい笑みを浮かべた。

伊織は突然のことに硬直し、いったい何が起こったのかと思った。しかし、日がたつとお稲にもう一度口を吸われたいと思った。

その日はすぐにやってきた。屋敷の物陰でお稲は伊織の手を取り、八つ口へ導いた。その先にはやわらかな乳房があった。伊織は興奮した。お稲は自分の乳房をさわらせながら見つめるような、うっとりした目を向けてきた。

そして、伊織はお稲の口を吸った。得もいわれぬ気持ちよさが全身を貫き、もっとお稲の体をさわりたくなった。口を吸い、吸われたくなった。

寝ても覚めてもそのことを考えるようになり、お稲が父の寝間に行く晩は、朝まで眠られなくなった。お稲を恋しく思うあまり、悶えるように胸が苦しくなった。

だが、お稲は家人の目を盗み、二人だけの時を作り、会いに来てくれた。そのたびに二人は口を吸い、肌を寄せ合い、ついには行き着くところまでいった。

恍惚感と気持ちよさ。それまで味わったことのない愉悦に、伊織の身と心は高ぶった。

屋敷のなかでは危険が伴うので、逢瀬は表になった。あるときは町屋の茶屋の一室、あるときは出合茶屋、そしてあるときは人目につかない林のなかだったりした。

伊織はお稲を屋敷内で見かけるたびに、手を取って暗がりに連れていきたい衝動に駆られた。屋敷に誰もいなければ、そのまま押し倒して、存分にお稲の体を弄びたくもなった。されど、そんなことはできない。家には女中もいれば下男もいるし、妹や母もいる。

お稲を独り占めしたい。そんな思いが徐々に強くなったが、それは叶わぬことだ。

（ああ、ちくしょう……）

伊織はうつ伏せになって顔を夜具につけた。そのとき、小さな物音が聞こえた。はっとなって耳をすますと、誰かが足音を忍ばせて近づいてくる。かっと目を見開き、閉てられている襖を見た。そっと開かれた。

（お稲）

そうだった。薄暗がりの部屋にお稲が忍び込んできたのだ。伊織は嬉しさのあまり、半身を起こして、お稲を自分の床に導いた。

お稲が隣に横たわると、伊織は強く抱き寄せ、口を吸った。お稲も応えてくれる。焦るようにお稲の薄着を剝ぎ、胸に顔をつけ乳首を吸い、そして柔らかな肌に手を滑らせる。お稲は伊織の寝間着を上手に脱がせ、吸いつくような肌をぴったりとつけてくる。

「若様、ゆっくり。ゆっくりですよ。でも長くはいられないから……」

お稲が耳許で囁く。ああ、わかっている、と伊織はうなずきながら囁き返す。

二人は愉悦の声を押し殺しながら激しく求めあった。

二人の欲が満たされたとき、行灯の油が切れて部屋のなかが暗くなった。お稲は手探りで薄着を羽織り帯を締める。

欲求を満たした伊織は興奮が冷めていくのを感じていた。お稲に朝まで隣にいてもらいたいという思いと同時に、嫉妬の心が鎌首をもたげた。聞いておきたいことがあった。

「お稲、聞きたいことがある」

伊織はお稲の手首をつかんで囁いた。暗闇のなかでもお稲の影ははっきりわかる。

「なんでしょう」

お稲が顔を向けてきた。伊織は少し躊躇ったが、思い切って聞いた。

「そなたは徒組の小林十三郎を知っているな」

お稲がどんな反応を示したかはわからなかった。だが、お稲の顔はすぐそばにある。

「どういう仲だ？」

「突然、なぜ、そんなことを……」

極力抑えたお稲の声に動揺は感じられなかった。

「ときどき小林十三郎の家を訪ねているだろう。わたしは知っているのだ」

「何でもありませんわ。小林様は内職をしていらっしゃいます。その見物をさせていただいているのです」

「内職の見物……」

伊織は意外に思った。

「小林様は絵付けがお上手なんです。傘や団扇(うちわ)や扇子に見事な絵や文字をお書きになります。それを見せてもらっているのです。ただ、それだけのことです。他には何もありませんわ」

お稲は顔を近づけてきて、伊織に頬ずりをした。

「お疑いですか。いやだわ。何にもないのですから。もう行かなければなりません」

伊織は離れようとしたお稲の手をつかんだ。

「わたしを裏切ったら許さぬ」

声は抑えているが強い口調だった。

「裏切りだなんて……」

お稲はそのまま闇のなかに立ちあがり、そっと部屋を出て行った。

四

新緑が徐々に濃くなっているが、風は清々しい。坂下門から見あげる美園城天守は緑に囲まれ、そして青い空を背景にして美しく聳え立っている。

要之助は中間の小助と十吉、そして小者の彦蔵を連れて登城中だった。ひとりでも城には通えるのだが、そこは美園藩の仕来りというものがあり、供を連れて行かなければならない。夏目家は家禄三百石だからしかたなかった。もっとも他藩は知らぬが、家禄三百石は美園藩においては低禄でもなく高禄でもない。

そもそも三百石取りになったのは、検見奉行を務めていた亡き父蔵之助の功績があったればこそである。その父に負けないはたらきをしろと、母の千代はことあるごとに言うからうるさい。

父は父、おれはおれだと思う要之助だ。父に負けぬ出世をしたいという思いもあるにはあるが、どうにも怠け癖が抜けず、仕事は面倒でならない。それでも主君のためにはたらくのが武士の務めであるから勤めを休むわけにはいかない。

曲がりくねった坂道を上ると大手門だ。門番に軽くうなずき、そのまま城のなかに入ったとき、中門前の石段に主馬が立っていた。

軽く朝の挨拶（あいさつ）を交わすと、主馬がそばに寄ってきて、供の者を遠ざけた。

「考えたか……？」

前置きもなしに主馬が聞いてくる。要之助は考えたと、あっさり答えた。

「どんなことだ？」

「知らぬ存ぜぬでよいではないか」

「はあー」

主馬は頓狂（とんきょう）な声を漏らした。

「知ったばかりに面倒なことに巻き込まれるのはごめんだ。おぬしも何も知らない。おれも知らない。それで一件落着してなもんよ」

「おいおい要之助、待て。おれは知ったのだ。知った手前黙っておれぬだろう。もし、もしもだ。斬った張ったということになれば、岡本様はどうなる？」

主馬はまわりを気にして、目をきょろきょろさせながら言い募る。

「岡本様の家中のことだ。下手に首を突っ込んでややこしいことになるのはごめんだ」

「おぬし、それで平気なのか。岡本様は勘定奉行だ。勘定方のお偉い方だ。その岡本家が潰れるのを指をくわえて見ていると申すか」

「そうは言っておらぬ。余計なお節介を焼いたばかりに、おれたちに火の粉が降りかかってきたら目もあてられぬということだ」

「要之助、人が死ぬかもしれぬのだぞ」

主馬は真剣な目で要之助をにらむように見る。

「それでもおぬしはかまわぬというのか。それでは人でなしではないか。知っていて見ぬ振りをして、岡本様の家が断絶になってもいいと申すか」

「落ち着け。おれもいろいろ考えたのだ。あとで話そう。ここで立ち話はできぬ」

要之助は登城してくる同輩や上役の姿を見て主馬を促し、目付詰所に入ると、隅に行って主馬と顔をつきあわせた。

「おぬし、何故そこまで岡本様のことを気にするのだ。ようは岡本様が取り立てられたお稲という側女が性悪だからであろう。話を聞けばそういうことではないか。あくまでもそれは岡本家の内々のことだ。であれば、内々で片づけるべきことではないか。そうだろう。それともなにか、おぬしには仔細があるのか……」

要之助は城中だから武士言葉を使う。

「ある」

主馬ははっきりと言った。

「おれの父は勘定方にいた。そしておれも勘定方の下役から徒目付にまわされた男だ」

「それは知っておる」

「おれは岡本様の下に仕えていた。岡本様は立派なお方だ。そして、奥様もなかなかできた人でな。無理をしておれが付け届けをすれば、その倍のお返しをしてくださる。岡本様はお偉い方だが、おれのような下役にもやさしく接してくださった。まことにできたお人柄だ。そんな人の家に災いが起こるやもしれぬのに、知らぬ顔はできぬ。むろんおぬしの言うように知らぬ存ぜぬの体でいるのは楽だ。岡本様のお宅に不幸が起きてもおれには関わりのないことだ。されど、おれは知ったのだ。おれの言うことがわからぬか……」

要之助はじっと主馬を見た。なるほどそうだったかと思った。たしかに主馬の懸念はわかる。世話になった人の不幸を見たくない。世話になった人だからこそ、なんとか穏便にことをすませたいということだ。

要之助は、もし、自分が主馬の立場だったら、どうするかと短く考えた。やはりじっとはしておれないだろう。

「ならばそのお稲のことを探ってみようではないか。されど、これはおぬしとおれの調べだ。大袈裟(おおげさ)にすれば、かえって岡本様の迷惑になる」

「まったくそのとおりだ。助(すけ)をしてくれるか……」

「しなけりゃおぬしが困るだろう。おれもおぬしに教えられた手前困る。ことが起きたあとの目覚めも悪くなるだろうからな」

そこへ下目付の青木清兵衛(あおきせいべえ)がやってきた。朝の挨拶を交わし、茶をお持ちしますと気を利かせて台所に去った。

「あやつにも助をさせるか？」

要之助は詰所を出て行く清兵衛を見送ってから主馬に問うた。

「いや、おれたち二人だけでやろう。人が増えれば、かえって目立つ」

「承知した」

その日はとくにやることもなく、またうるさい上役や古参の徒目付に煩わしい指図を受けることもなかった。

ただ、下城間際になって要之助は、上役の目付黒部忠五郎(くろべちゅうごろう)に呼ばれた。何事だろうと緊張して、目付部屋を訪ねた。

「ま、そこへ」

忠五郎はそう言ってしばらく要之助を眺めた。短い間。何か粗相をしたかなと、要之助は心配になる。それに忠五郎は仁王のような強面だ。黙っていられると、威圧感を受け心細くなる。

「間もなく江戸参勤なのは知っておるな」

忠五郎は口を開いた。かすれたような塩辛声だ。

「存じております」

美園藩藤田家の江戸参勤は六月である。そのために家臣らは支度に追われていた。

「わたしはその参勤から外されておったのだが、ご家老よりあらためて江戸へまいるように申しわたされた」

「………」

「そこで供連れをつけろと申しつけられた。急なことであるが、そなたもいっしょに行ってもらいたい」

「は、わたしがですか……」

要之助は思いがけないことに目をまるくした。徒目付になる前は郡奉行所でのんびりしていたので江戸に行ったことはない。

「さよう。ついてはもうひとり連れてまいりたい。そなたは下目付の青木と仲がよさそうだ。青木も同道させたい。その旨、青木に伝えてくれぬか」

「承知いたしました。それで出立はいつになるので……」

「五月の十日となっているが、少し早まるかもしれぬし、遅くなるやもしれぬ。はっきりしたことは数日のうちにわかるはずだ。承知してくれるな」

「むろんでございます」

目付部屋を出た要之助の心は逸っていた。初めての参勤交代参加である。胸躍るものがあるが、その前に主馬の相談事を片づけなければならない。

清兵衛に参勤で江戸へ行くことを伝えると、

「わたしもお供をするのでございますか」

と、目を輝かせた。

「黒部様からの下知だ。断ることはできぬぞ」

「断るなど滅相もございませぬ。喜んでお供いたしますとも」

清兵衛は嬉しそうに破顔した。

さて、それはよいが、主馬の助をしなければならない要之助は、

（やれやれ忙しくなったな）

と、肚裡でつぶやいた。

五

「江戸へ……参勤……」

要之助から話を聞いた母の千代は二度三度まばたきをしてから、

「初めての江戸出府でございますね。気を引き締めてお勤めしなければなりませぬ」

と、厳しいことを言う。

「むろんです」

要之助はさらっと答える。

「わたしも一度は江戸に行ってみたいけれど、叶わぬことだわ。あなたの父上は何度か参勤されているけど、いつも土産話が楽しゅうございました。要之助、あなたの話もいまから楽しみだわ」

「わたしもお江戸に行ってみたい。兄上、連れて行っていただけないかしら」

隣にいる鈴が羨ましそうな顔を向けてくる。

「連れていきたくともそれはできぬことだ」

「あーあ、わたしも男に生まれてくればよかった」

「鈴、そんなことを言ってはなりませぬ。女には女の務めがあるのですからね」

「はあ……」

千代に窘(たしな)められた鈴は気の抜けた返事をした。

「さて、支度をしなければ……」

要之助は茶の間から自分の部屋に行くと、楽な着流しに替えて家を出た。

岡本久右衛門の屋敷は、東山(ひがしやま)町の北にある。上士たちが住む武家地だ。いずれも千五百坪以上の屋敷で、表門は長屋門であるし、屋敷には海鼠(なまこ)塀か瓦(かわら)をのせた土塀をめぐらしてあり、枝振りのよい松や槙(まき)がのぞき、その他に銀杏(いちょう)や欅(けやき)、あるいは桜の木もある。

要之助はその武家地の近くに立つ大きな樅(もみ)の木の下で主馬と落ち合った。

「岡本様の屋敷はすぐそこだが、気軽に訪ねるわけにはいかぬぞ」

要之助は立派な造りの表門を見て言った。

「お稲が出てくればよいが、いつ出てくるかわからぬからな。伊織殿然(しか)りだ」

「そうはいってもお稲のことを調べなきゃらならねえだろう。どうやって調べる？

そのことをおまえは考えているんじゃないのか……」

要之助は主馬を眺める。

「どうしたらよいものかと、そのことは考えているが、いい知恵がないのだ。おぬしならどうする？」

「まったく頼りないことを……」

要之助は主馬から岡本家の屋敷に目を転じる。

「屋敷には奉公人がいるだろう。女中や中間や下ばたらきの下男が……。そのことはわかっているのか？」

「何人か知ってはおるが、話したことはないな。おぬしが頼りなんだよ」

「まったくあきれたやつだ」

要之助はため息をつきながら考えをめぐらした。

「お稲が密通しているらしい小林の家は知ってるんだろうな」

「それはわかっておる」

「ではそっちにまわろう。案内しろ」

お稲と密通している疑いのある小林十三郎の住まいは、城の西方にある武家地だった。ほとんどが下士の住む屋敷なので、建坪は五十坪あるかないかだ。上士の住む武家地とは大違いで、屋敷まわりには簡素な竹垣か生垣をめぐらしてあるだけだ。

この時季は日が長いので、夕暮れまでには間があった。

「それで小林にどんな話をするのだ？　お稲との仲を直接に聞くのは考えものだぞ」

主馬が小林の家のそばまで来て言う。

「まずは様子見だ。おれが訪ねる。まあ世間話でもしながら探りを入れるだけだ」

「下手に疑われないようにしろ。警戒されたらことだ」

「わかっておる。ここで待ってろ」

要之助は主馬を突き放すようにぞんざいに言って、小林の家の玄関に立った。戸は開けてあるので、声をかけながら敷居をまたぐと、すぐそばの座敷に座っていた小林十三郎が顔を向けてきた。

「徒目付の夏目要之助だ。小林十三郎だな」

「さようですが、何用でございましょう？」

相手が徒目付と知った小林は少し緊張の面持ちになった。提灯に絵付けをしていた筆を膝許に置いて畏まる。目鼻立ちの整ったきりっとした顔をしている。

「おぬしの評判を聞いてな。いい内職をしているらしいではないか」

「さほどでもありません。身共らは暇がありますので……」

徒衆の勤務は短い。一日勤めの二日休みだ。登城してもとくにやることはなく、二刻（約四時間）ほどで勤務は終わる。その分禄が少ないので、生計の足しに内職をしなければならない。下士のほとんどは同じような境遇であるが、藩は彼らに内職を奨励している。

「絵付けは提灯や傘だけにするのか？　いや、おれも少し興味があってな……」

小林が座っている座敷には提灯や傘が所狭しと置かれていた。

「扇子の絵付けもやっております」

「扇子も。なるほど。それで、どこで売るのだ？　まさか売り歩くわけではなかろう」

「町の小間物屋に卸しています。注文があれば、それにも応じています。こんなことはしたくはないのですが、背に腹は代えられませぬので……」

そこで、小林は茶を淹れましょうと言って尻を浮かした。

「いやいや、かまうことはねえ。おぬしは独り者か？」

要之助は家の様子を見て問うた。

「両親はともに二年前に亡くなりましたので……」

「ならば、おぬしの跡継ぎがなくては困るな。おぬしはなかなかの色男だ。黙っていても女が放っておかぬだろう。嫁取りの話はないのか？」

「わたしは藤田家に仕えてはいますが、貧乏侍です。所帯を持つにも勇気がいります」

小林は少し恥ずかしそうに言った。

「女はいないのか？」

要之助はじっと小林を見つめる。

「いえ、浮いた話もありませんで……」

小林は視線を逸らし、何かを誤魔化すように手許の筆を取って弄んだ。

「おぬしの絵付けの評判を聞いて、買いに来る女の客もあるのではないか？」

「たまにあるぐらいですが、ご贔屓の奥様ばかりです」

「するとご家老とかの奥方あたりか……」

「ま、そうでございます。あの、わたしにご用でも……」

小林は訝しそうな目を向けてきた。

「いやいや、おぬしの評判を聞いて気になっただけだ。邪魔をした」

あまり長居をするとあやしまれるので、引きあげることにした。

六

表に戻ると、主馬が駆け寄ってきた。

「どうであった？」

「わからねえな。だが、ご家老の奥方あたりに贔屓にされているようだ。奉行や組頭あたりの奥様にもってことだろうが、お稲もそのなかのひとりだろう」

「それで何か聞けたか？」

いいやと、要之助は首を振り、少し相談しようと表の道に戻り茶屋の床几(しょうぎ)に座った。日が暮れようとしている。近くの林のなかから鶯(うぐいす)の声が聞こえてきた。

「小林は生真面目そうな男だった。おまえはやつとお稲がただならねえ仲だと思ってるようだが、その証(あかし)はあるのか？」

「証……いや、それはないが、あやしいのだ。お稲が訪ねていけば、小林の家の玄関は閉められる。それに半刻ほど出てこないことがある」

「だからお稲と小林が密通しているとにらんだのか。ただの世間話をしているだけってこともあるんじゃねえのか」

「そんなことは考えられぬ。男と女が半刻も家のなかに籠もっておるのだ。ただのおしゃべりをしているとは思えぬ」

「ふむ」

要之助は暮れようとしている空を眺める。雲が茜色に染まっていた。

「なんだ。どうした？」

「おまえは伊織殿が小林を狙っているようだと言ったな」

「小林の家の近くで二度、いや三度ばかり見ている。伊織殿は思い詰めた顔で小林の家をにらんでいたのだ」

「その伊織殿は出仕しているのか？」

「岡本様の下で見習だ」

すると、岡本久右衛門と勤務は同じということになる。その間、お稲は屋敷にいるのだろうが、主人の留守をいいことに小林に会いに行くことはできる。

「伊織殿は岡本様といっしょに登下城するのかな？」

「それはないはずだ。見習は早く登城し、遅く下城するが、それは岡本様の仕事次第だし、見習は一日勤めの二日休みだから、岡本様の目を盗んでお稲と密会できる」

「なるほど。であれば、小林とお稲を見張る必要があるが、おれたちには勤めがあるので始終見張ることはできねえな」

「そうなのだ。おれたちの役目中にことが起きたらそれで終わりだからな」

「とにかくお稲に会わなきゃならねえが、肝要なのは伊織殿がお稲をどう思い、小林十三郎のことをどう考えているかだ。それに、お稲と小林がほんとうに密通しているかどうかを調べなきゃならねえな。よし主馬、おぬしはお稲が勤めていたという中町の料理茶屋へ行ってお稲のことを探ってこい」

「おぬしはどうする？」

「おれは小林を見張るやつを探してくる」

とは言ったものの、要之助にはあてがあった。

主馬とその場で別れた要之助は、東山町の米問屋岩井(いわい)屋に足を運んだ。店をのぞくと、主(あるじ)の吉兵衛(きちべえ)がのんびり煙草を喫(の)んでいた。

「タコ親父(おやじ)……」

要之助が声をかけると、びくっと肩を動かして吉兵衛が顔を向けてきた。少し厳(いか)めしい顔をしていたが、

「なんだ、要之助様ですか。いったい誰かと思いましたよ」

と、頰をゆるめて、火の入っていない火鉢にコンと煙管(キセル)を打ちつけ灰を落とした。

「暇そうだな」

要之助はつかつかと店のなかに入って、吉兵衛のそばに腰掛けた。

「忙しくしたいところですが、なかなかそうはいきません。何はともあれ節約だで、みなさん財布の紐が固いんですよ。まあ江戸では諸色が上がって、米の値段も上がっているって言いますから美園も同じですよ。飢饉の影響で米の取れ高も減っていますからね」

はあーあ、と吉兵衛はため息をつき、つるっ禿げの頭をかいた。

「そんなに暇なのか？」

「暇ですね。もっと注文があればいいんですがねえ」

吉兵衛はそう言ってまたため息をつき、

「源吉ですか？」

と、要之助を見た。

「どこにいるんだい？」

「米を納めに行ってるんです。そろそろ帰ってくるでしょう」

そんな話をしていると、土間奥から跡取りの藤吉があらわれた。要之助を見ると、軽く会釈をしていらっしゃいと言った。愛想のない男だ。だが、いつものことなので要之助は気にも留めない。

藤吉は父親の吉兵衛に、米蔵の在庫が少なくなっているので、他の米屋からまわしてもらわなければならないと深刻そうな顔をした。

「そんなに足りないか。秋まではまだ間があるっていうのに困ったもんだ。それじゃ日吉村へ行って掛け合ってこなきゃならないな。はーやれやれだ」

吉兵衛は腰をあげて、要之助にゆっくりしていってくださいと言った。

店を出て行く吉兵衛を見送った要之助は、藤吉に顔を向けた。

「この店は岡本久右衛門様の屋敷に米を納めてねえか？」

「岡本様……」

「勘定奉行の岡本様だ」

「奥門の岡本様とは付き合いがないですね。ひょっとして掛け合ってくださるんで……」

藤吉は期待顔をした。奥門というのは、土地の者が呼ぶ城の北側にある上士たちが住む武家地のことだった。

「そんな暇はねえさ。そうかい、付き合いはないか……」

もし付き合いがあれば、岡本家のことを聞ける、と要之助は思ったのだ。

「岡本様がどうかなさったのですか？」

「いや、聞いただけだ」

藤吉はなんだつまらないという顔をして茶を淹れにかかった。そこへ源吉が戻ってきた。

「あれ、要さん」

源吉は額の汗をぬぐって、大福帳を藤吉にわたした。

「あれ、じゃねえよ。おめえに用があるから待ってたんだ」

「どんな用です？」

要之助は茶を淹れている藤吉を見て、表で話すと言って源吉を促した。

「要之助様、お茶は……なんだせっかく淹れたのに……」

藤吉のぼやきが背中に聞こえたが、要之助は表に出ると軒下の縁台に源吉と並んで座った。もう日が暮れかかっていて夕靄が出ていた。

「おめえ暇だろう。暇だとおめえのタコ親父が言っていたが……」

「まあ店はそう忙しくはないですね」

「それじゃ頼まれてくれ」

「何をです？」

要之助は徒衆の小林十三郎のことを端的に話し、小林の家を教えた。

「徒衆の小林十三郎様ですか。で、その人が何かしでかしたんですか？」

「そりゃわからねえ。おれは明日も登城だ。おれが城から戻ってくる間、その小林の家を見張っていてほしいんだ」

「なんで、そんなことを……」

「いいから見張ってくれりゃいい。もし、女が来て玄関の戸を閉めるようなことがあったら、どんな話をしているか盗み聞きしてもらいてぇ。それからその女がどこの何者かを、あとを尾けて調べてくれ」

源吉は目をぱちくりさせた。

「どうしてそんなことを……」

「いいからそうしてもらいたいんだ。あ、もうひとつある。もし、その小林の家に若い男が討ち入るような素振りを見せたら、大声をあげてやめさせるんだ」

「ええっ、おれがそんなことを……。だっておれは仕事があるんですよ」

「おめえの親父は暇だと言っていた。おれが城から戻ってくるまでの半日ぐらいだ。やってくれ。おまえが頼りなんだ」

「何だかよくわからねえけど、要さんの頼みなら……」

七

翌朝、要之助は目付詰所の隅で、主馬の話を聞いていた。

「お稲は不破郡三輪村の百姓代吉五郎の次女で年は二十四だ。中町の若松屋に女中で入ったのは十八のときで、評判の女だったらしい。何人か手をつけた藩の重臣もいたらしいが、その辺はよくわからぬ。古い女中の話では、お稲は多情な女で店の料理人と恋仲になったこともあるという。それからしばらくして、岡本様の眼鏡にかなって側女に取り立てられたのが二年ほど前だ。まあ、店ではよくはたらいていたらしいが、男っぷりのいい侍には色目を使って酌取りめいたことを陰でやっていたって話だ」

「お稲は男好きな女ってわけか……」

要之助は剃ったばかりの顎を撫でながら、膝許に視線を落とした。

「それで、おぬしはどうした？」

要之助は主馬に顔を戻して、源吉に小林十三郎を見張らせていることを話した。

「源公というのは、米屋の次男坊だろう。養子先から戻ってきた男だな。あやつで大丈夫か？」

主馬は不安そうな目をした。

「見張らせているだけだ。もっとも何かあったら大声をあげろと言ってあるが、さっきおれは岡本伊織殿を見た。今日は城勤めだ。何だかひ弱そうな男ではないか」

「聞いた話だが、そういうのが女心をくすぐるらしい。女の心ってのはわからぬかららな」

「とにかく下城したら源公に会って話を聞く。まあ、今日明日なにか起こるとは思えぬが……」

そこへ古参の徒目付崎村軍之助が詰所に入って来て、

「夏目、夏目、おお、そこにいたか。ちょいとこれへ」

と、要之助をそばに呼んだ。

「なんでございましょう」

要之助は軍之助のそばに行って腰を下ろした。軍之助は赤ら顔で団子鼻、おまけに出っ歯なので、主馬から「赤団子の出っ歯」と渾名をつけられている。もちろん、本人の前でそんな呼び方はできないが。

「おぬしは参勤になったと聞いた。みんな、その支度をしているが、出立前に手抜かりがあってはならぬ。仔細がないか各所を見廻ってこい」

「わたしひとりでですか？」

「足らぬなら誰か連れて行け」

「承知しました。それで、崎村さんも参勤でしょうか？」

いっしょならいやだなと思った。だが、軍之助は在国だと答えた。要之助は胸を撫で下ろして、主馬といっしょに城内各部署の見廻りに出た。


その頃、岩井屋の源吉は適当に作った口実を親と兄の藤吉に言って、要之助に頼まれた小林十三郎の家を見張っていた。徒衆が主に住んでいる武家地で、どの家も小造りだ。

小林の屋敷は四十坪ほどだろうか。縁側も玄関の戸も開け放してあった。屋敷には古くなった四つ目垣がめぐらしてあるだけで、家の様子をなんとなく見ることができるが、同じ場所にいるとあやしまれるので、源吉は小さな稲荷社や武家地の角に移動したり、通りの目立たない場所に腰を下ろしたりしていた。

「なんでおれがこんなことをしなきゃならねえんだ」

思わずぼやきがこぼれる。それでも、要之助には頭があがらないし、相手はいまや藩の徒目付だ。死んだ父親は検見奉行を務めた人なので、いずれ要之助も出世すること間違いないだろうと考えている。

父親の吉兵衛も母親の常(つね)も、要之助様はいずれ出世される藤田家のお侍だから大事に付き合えと言っている。

そんな要之助から気軽に声をかけられることが、源吉は嬉(うれ)しかった。子供の頃はよくいっしょに遊んだ仲間だった。年は源吉のほうが二つ上だが、一度川で溺(おぼ)れかけたとき、要之助に助けてもらったことがあった。要之助はいわゆる命の恩人でもある。

だから要之助の頼みとなれば、断ることはできない。それでも、見張りは飽きがくる。源吉は辛抱強いほうではない。

小林十三郎の家を訪ねてくる者は、朝からひとりもないのだ。退屈だから大きな欠伸(あくび)をする。日はすでに高く上っている。どこで鳴いているのか姿は見えないが、鶯(うぐいす)のさえずりが聞こえてくる。

昼九つ(正午)の鐘が聞こえてきた。城の南方にある浄国寺(じょうこくじ)の鐘だった。

「腹減ったな」

独り言を言ったとたん、腹の虫がぐうと鳴った。こんなことならにぎり飯でも持ってくればよかったと思う。城下を貫く大宮道に出れば、茶屋やちょっとした小店はあるが、その隙に小林十三郎の家を訪ねる者を見逃す恐れがある。

　源吉は柄にもなく〝忠実な犬〟になっていた。

　九つの鐘が鳴って小半刻（約三十分）ほど過ぎたときだった。ひとりの女が小林家の玄関に立った。

　源吉は目をみはって凝視した。女は年の頃二十四、五の品のある女だ。島田の髷、絣の着物に紅の帯というこざっぱりしたなりだ。

　女は二言三言玄関で声をかけると、そのまま家のなかに入って戸を閉めた。

「お、閉めやがった」

　要之助から女が訪ねてきて玄関を閉めたら盗み聞きをしろと言われている。源吉はそっと足音を忍ばせて小林家に近づいた。と、開けられていた雨戸が二枚ばかり閉められた。

（どういうことだ）

　源吉は門口から小林家の屋敷内に入ると、縁側のそばにしゃがんで聞き耳を立てた。

　小林十三郎はお稲が訪ねてきたことで、少し心を騒がせた。いつものことだが、お稲は遠慮なくそばに座り、自分の絵付けの作業を見守る。

「十三郎様、お昼は召しあがって……」

　お稲が声をかけてくる。

「さっき食べたばかりです」

　小林は朝と昼を兼ねた飯を、いつものように一刻ほど前に食べていた。登城するときには、自前の弁当を持って行く。独り身なのでしかたないことだ。

「そう。今度、わたし何か作ってあげようかしら。だって十三郎様は不自由なさっているでしょう」

「いや、そうでもありません。もう慣れていますので……」

「遠慮なさらないでいいのに」

「はあ」

　小林は仕事が手につかなくなる。お稲は膝を少しずつ進め、体を寄せてくる。相手は勘定奉行の側女だ。間違いを起こしてはならないという気持ちがはたらいている。しかし、お稲は魅力的な女で、積極的でもある。

　気づいたときには、お稲の手が小林の腿にのせられていた。その手をそっとさするように動かしながら、お稲はいつものように口説き文句を口走る。

「わたしが嫌い。迷惑かしら。でも、気にしないで。わたしはもうすぐお殿様のお屋敷を出るつもりよ」

「まことに……」

小林はお稲を見た。もう顔がくっつきそうなところにあった。長い睫の下にあるお稲の目があやしげな光を帯びていた。紅を塗った唇がつやつやと光っていて、懐に入れているらしい匂い袋から甘い香りが放たれている。

「ほんとうよ。もうお妾なんていやになったの。それに殿様には奥様がちゃんとおありなんだもの。わたしは側女だなんて言われるけど、所詮囲われ者だし、この先どうなるかわからないじゃない。十三郎様がよかったら、わたしは十三郎様にお仕えしたいの」

さらにお稲はすり寄ってくる。

「そんなことは……わたしは貧乏侍だ。そなたの面倒は……」

「いや」

とたん、お稲は小林の胸に倒れ込むようにして頬をつけてきた。小林の手を取り指をからめてくる。小林の心の臓はドキドキとときめく。欲にまかせてお稲を抱くのは容易(たやす)いことだ。それにお稲がそうなることを望んでいるのもわかっている。

しかし、小林は一心に理性をはたらかせた。

「お稲殿、わたしには仕事がある。それにこんなことは……」

そっと突き放すと、お稲は物欲しそうな目で見つめてきた。紅を塗った唇の隙間に赤い舌が、生き物のようにちろりと動いた。

第二章　善行も上に通じず目玉食う

一

「それでどうなった？」

要之助は下城するなり、岩井屋に立ち寄り源吉からの報告を聞いていた。岩井屋の表にある腰掛けで、隣には主馬が座っていた。

「いや、何もかも聞いたわけじゃねえんです。なにせ小さな声だったんで……」

源吉は要之助と主馬を交互に眺めた。

「小林の家を出たときのお稲の様子はどうだった？」

主馬が聞いた。

「訪ねたときと変わらなかったように見えました」

「いかほど小林の家にお稲はいた？」

「半刻もいなかったはずです」

「お稲は小林に言い寄っていた。そんなふうだったのだな」

要之助は念を押すように源吉に問う。

「まあ、お稲がねだっているって言うか、小林様といっしょになりたがっているようなことを言ってましたね。でも、小林様は自分は貧乏侍だからと断っていたような……そんなふうに聞こえたんですが……」

要之助は主馬と顔を見合わせた。

「ひょっとすると、小林はお稲に口説かれてはいるが、手を出していねえのかもしれねえな」

「いまの話を聞けばそうかもしれぬが……」

主馬は納得いかないという顔つきをした。

「で、要さん、いったいどういうことです？　おれはちゃんと見張ってたんですぜ。何でこんなことするか教えてくれたっていいじゃねえですか」

要之助は源吉に顔を戻して、

「ああ、わかった。だが、誰にもしゃべっちゃならねえぜ。約束するなら話す」

源吉は約束すると真面目顔でうなずいた。

「じつはな……」

要之助は一拍間を置いて、岡本家の側女お稲が久右衛門という主人がありながら、倅（せがれ）の伊織や小林と密通している疑いがあることを話した。

話を聞いた源吉は驚き顔をしてから、

「そりゃあお稲が一番悪いじゃねえですか。とんでもねえ女狐（めぎつね）だ」

と、あきれ顔をした。

「かまえて口を滑らしたりするんじゃねえぞ」

「わかってますよ。漏らしゃしませんから……」

「漏らしたら承知しねえからな」

「へえ、わかってますよ。要さん、そんなおっかない顔しないでくだせえよ。でも、おれは思うんです」

「なにをだ？」

「もし、おれがその伊織様だったら、小林様よりお稲を恨む気がするんです。可愛さ余って憎さが十倍とか言うじゃねえですか。その伊織様はまだ十七かそこらでしょう。お稲にたぶらかされ、その気になっているところで、お稲の浮気を知った伊織様の心はかき乱れているかもしれねえです。そうなったら小林様より、お稲を憎く思うかもしれねえ。側女にした父親の久右衛門様より、お稲が許せなくなる気がするんです」

要之助はそう言った源吉の顔をまじまじと眺めた。こいつたまにはいいことを言うと、感心した。たしかにそうかもしれないと思いもする。

「要之助、源吉の言うことがもしあたっているなら、まずいぞ」

主馬がかたい顔を向けてきた。

「伊織殿がお稲を殺すようなことになったらどうなる？」

「どうなるって……そりゃ、放っておけることじゃねえな。屋敷内で刃傷に及ぶならまだしも、表でそんなことがあったら、おれたちゃ詮議しなけりゃならねえ。そうなったら岡本様は迷惑どころか詰め腹を切らされる」

「どうする？」

主馬はまじまじと要之助を見た。

「どうするって止めるしかねえが……」

「これから岡本様の屋敷に行ってみよう」

「屋敷に行ったってお稲には会えねえだろう」

「屋敷には入れずとも、表で様子を見るべきではないか。いつ何時どうなるかわからないだろう」

要之助は暮れかかっている空を眺めた。日が落ちるまでにはまだ間があった。

「そうか、まあ様子を見るだけになるだろうが、行ってみるか」

要之助が答えると、源吉がおれもついて行こうかと言った。

「いや、おめえはいい。仕事を打っちゃって見張ってくれたんだ。これは取っておけ」

要之助は源吉に心付けをわたすと、岡本家に足を向けた。

「それにしてもおまえも心配性だな。まさか、こんなことになるとは思わなかったぜ」

要之助は愚痴をこぼした。

「世話になった岡本様を思えばこそだ。殺生なこと言わずに付き合ってくれ」

「まあ乗りかかった舟だからな。だけどよ、この埋め合わせは安くないぜ」

「うまく収めることができりゃなんでもするよ」

「ほんとうかよ」

要之助はあきれながらも岡本家に足を急がせた。

岡本家は重臣らが住む奥門のそばだ。要之助と主馬は下城したばかりで着替えをしておらず、肩衣半袴というなりなので奥門の武家地に入ってもあやしまれる恐れはなかった。

岡本家の近くまで来て、二人は表門を見張れる屋敷の角に控えた。と、そこに着いてすぐのことだった。

「伊織殿だ……」

主馬が岡本家の表門に近づいた若い武士を見てつぶやいた。要之助も気づいた。伊織は中間と小者四人を連れていた。伊織が脇の潜り戸から屋敷内に入り、そのあとで供の四人がつづいた。

「下城が遅かったんだな。おそらく参勤前だから仕事が忙しいんだろう」

主馬がつぶやく。江戸参勤には金がかかる。そのために勘定奉行配下の者たちは、細かい費えの算当をしなければならない。それは旅籠賃や各宿場で雇う軽尻、あるいは川渡し場での人足の費用などの調整だった。

「どうする？　このましばらく様子を見るか……」

要之助が聞けば、主馬はそうしようと言った。

二

屋敷に戻った伊織は、自分の部屋に入ると早速着替えにかかった。羽織袴を脱ぐそばから中間が片づけてたたんでくれる。

その間伊織の頭にあるのはお稲のことだ。いや、そのときばかりではない。城にいるときも、登城する際にも稲のことを考えつづけていた。

「仙助を呼んでこい」

伊織は羽織をたたんでいた中間に命じた。

「あとは自分でやる」

中間が去ると、帯を解き小袖(こそで)を脱ぎ、楽な着流しに着替えた。そのとき、仙助がやってきた。いつも屋敷内の掃除や庭木の剪定(せんてい)をしたり、女中の供をして買い物に行く男だった。

「お呼びでしょうか」

「うむ。どうであった？」

伊織は跪(ひざまず)いている仙助の薄い頭髪を見て聞いた。朝出かけるときに、伊織は仙助にお稲がもし外出をするようなことがあったらあとを尾けて、どこへ行ったか知らせるよう命じていた。

「お稲様はお出かけになりました」

「いずこへ出かけた？」

「外町に近い武家地にあるお屋敷でした。近くの人にその屋敷のことを訊ねますと、徒組の小林十三郎様のお宅だということがわかりました」

それを聞いたとたん、伊織は顔を紅潮させた。胸のうちに嫉妬の炎が渦巻いた。

やはりお稲は自分に嘘をついているのだ。

「父上はお帰りか……」

「御書院に籠もっていらっしゃいます」

おそらく参勤のための雑務の整理をしているのだろう。勘定方は参勤交代にかかる費えに頭を痛めていた。かかる費用はできる限り切り詰めなければならない。そのために見習の伊織まで、今日は遅くまで城に足止めを食っていた。

「さようか」

伊織は思い詰めたような硬い顔で答え、

「仙助、お稲に言付けを頼む。わたしが表門で待っていると」

と、命じた。

「それだけお伝えすればよろしいので……」

「このこと誰にも話してはならぬ。父上にも母上にもだ」

「承知いたしました」

仙助が去ると、伊織は拳をにぎり締めてぶるぶるとふるわせた。

(お稲め、わたしを裏切りおって……わたしを虚仮にしておるのか……)

その日、お稲が小林十三郎の家を訪ねたと聞いただけで、憎しみを感じた。それは小林十三郎へではなく、お稲に対してのものだった。

(あの女、わたしを愚弄しておるのだ。うまく父上に取り入り、そしてわたしを玩弄していのだ)

内心で吐き捨てたあとで、「くそっ」と、声に漏らし、帯に差した扇子をつかみ取るなりぼきっとへし折った。

大小を腰に差すと、そのまま玄関に向かったが、戸に手をかけたところで、

「若様、お出かけでございますか？」

と、声をかけられた。振り返ると、古くからいる女中だった。

「近所に行くだけだ。すぐ帰ってまいる」

伊織はそのまま玄関を出て、表門の潜り戸を抜けた。日は落ちかかっており、あたりは薄暗くなっていた。空にはいくつかの星が顔をのぞかせていた。

伊織は塀際を五、六間進んだところで立ち止まり、振り返った。

待つほどもなくお稲が潜り戸から出てきた。伊織に気づくと、頰をゆるめて主人に駆け寄る子犬のように足早に近づいてきた。

「若様、今日は早くに戻らなければなりませぬ。お殿様に呼ばれているのです」

ただでさえむかついているのに、伊織の感情は荒れた。この女は、今夜は父の伽をするのだ。そう思うと、ますます腹立たしく憎らしくもなる。

「遅くはならん」

伊織は短く吐き捨てると先に歩き出した。武家地を抜け人気のない小径に入った。その先は椎や松、杉や欅などのある林だった。何度か来ている場所なので、迷うことはないし、お稲も警戒しないばかりか、林のなかに入ると手をつないできた。

伊織は振り払いたい衝動に駆られたが、お稲の小さくてやわらかな手の感触に心を惑わされた。

(ひと思いに斬り捨てる前に、楽しませてもらおうか……)

若い男の欲が疼きはじめていた。

「どうなさったのです？　いつもと違ってなんだか変ですわ……」

　お稲が顔を向けてくる。林のなかなので表の道より暗いが、色白のお稲の顔はよく見えた。

「いつもと変わらぬさ。お稲……」

　伊織は立ち止まってお稲と正対した。とたんお稲が胸に頬を寄せてきた。

「いじらしい人……」

　と、拗ねたような声でつぶやく。

　伊織は内心の思いとは裏腹に、お稲の背中に手をまわした。

「若様……わたしは苦しい。若様に身請けされたらどれだけ幸せなことでしょう。でも、わたしはお殿様に……」

「言うな」

　伊織は遮ってお稲の口を激しく吸った。お稲も応えてくる。伊織の胸の内にあるわだかまりが薄れようとしている。だが、今日は許してはならなかった。

　お稲の両肩をつかむと、突き放すようにしてにらんだ。

「どうなすったの……」

「わたしを裏切ったら許さぬと言ったはずだ」

「…………」

木々の梢をわたる風の音がした。どこかで鴉の鳴く声もした。

「今日わたしが登城中に外出をしたな」

「ええ、少しだけしました。でも、すぐに帰ってきました」

「どこへ行った」

伊織は薄暗がりのなかでお稲の両肩をつかんだまま凝視した。

「小間物屋に白粉を買いに行っただけです」

(嘘つき!)

伊織は腹の底で吐き捨てた。そして、今度は声に出して「嘘つき」と言った。

「え……」

「おまえは小林十三郎の家に行ったのだ。なにゆえ嘘をつく。わたしを小馬鹿にしているのか。おまえは若いわたしを弄んでいるだけなのか」

「まさか、そんな……」

「うるさい!」

伊織は強く言うなり、お稲の頬を張った。お稲は「あっ」と、小さな悲鳴を漏らしてよろけた。倒れる前に手をつかみ取り、着物の襟を両側に押し広げてやった。

お稲の白い肌が薄暗がりのなかに浮かびあがった。

「なにをするんです。やめてください」

「黙れッ！」

伊織は激しい憎しみを覚えた。お稲をぼろぼろにしてやりたい衝動に駆られた。両襟を広げてやったのでお稲は両手が使えなくなっていた。伊織は帯に手をかけて、素速く解き、そして抜いてやった。お稲は体を一回転させ、その勢いで地面に倒れた。

「やめてください。若様どうされたのです？　わたしは小林様とはなんの関係もないのです。若様の思い違いです」

お稲はうしろ手をつき、片膝を立てていた。裾がめくれ、白い両の太股があらわになっていた。

「おまえはとんだ女狐だ。父上も父上だが、おまえのような女は岡本家にはふさわしくないとんでもないあばずれだ。そんなおまえに遊ばれたわたしは馬鹿だ」

「なにをおっしゃるんです」

「ええい、憎らしい女め」

伊織は腰の刀をすらりと抜いた。お稲は顔を凍りつかせた。

「おまえなんか死んでしまえばいいのだ」

伊織は刀を大上段に持ちあげた。

「待たれよ。待たれよ」

闇のなかから声が聞こえてきた。伊織は刀を振りあげたまま黒い二つの影を見た。

三

「徒目付（かち）の夏目要之助でございまする。伊織殿、刀を引かれよ」

要之助は刀の柄（つか）に手を添えたまま静かに近づいた。伊織は刀を大上段に振りかぶったまま見てきた。

「徒目付……」

つぶやいた伊織の目が光り、主馬に気づいたらしく、

「や、おまえは西島主馬……」

と、言葉をついだ。

「伊織様、お稲を斬れば罪人です。それも身共らの前なら、詳しい詮議（せんぎ）をしなければなりませぬ。そうなると、伊織様はおろかお父上の久右衛門様も調べられること

になります。と、なれば奉行職であられる久右衛門様の進退が懸念されるばかりでなく、ともすれば岡本家の行く末が案じられます。どうかお気を鎮めて刀を納めてください」

主馬だった。

「わたしの父が、岡本家が……」

「さようです。お稲は久右衛門様の側女（そばめ）、その女をお倅（せがれ）の伊織殿が斬れば、お父上の勘気に触れること必定。さなきだに親子でお稲を取り合ったということが露見すれば、世間に恥をさらすことになるのではありませぬか」

要之助も諭した。

「されど、この女は……」

伊織は動揺していた。梢を抜けてくる月光がその白い顔にあたっていた。

「まずは、刀をお引きください」

要之助は用心深く近づいた。お稲は尻（しり）をすりながら後じさり、背後の木の幹に背中をつけた。伊織は要之助を直視したままゆっくり刀を下ろした。

「伊織殿、落ち着いてよくよくお考えください。お家の安泰と、藩重役のお父上のことをお考えになれば短慮なことはできぬはずです。まして、いたずらに親子の絆（きずな）

にひびを入れるのは得策ではありませぬ。そうではありませぬか」

「さりとて、この女はわたしを弄び、そのうえ他に男を作ってもいるのだ。父久右衛門の側女でありながらだ」

「他の男というのは徒衆の小林十三郎のことでしょうか」

伊織は驚いたように目をみはった。

「どうして、そのことを……」

「身共らは武家地にあやしい女の出入りがあると知らされ、ひそかに探りを入れていたのです。たまさか目についたのがお稲でした。そこで調べると岡本様の側女だということを知ったのでございます」

要之助の苦しい言いわけだったが、うまく誤魔化せたようだ。さらに言葉を足した。

「伊織殿はお稲と小林が密通しているとお疑いのようですが、その証はありません。おそらくさような仲ではないはずです」

尻餅(しりもち)をつく恰好(かっこう)で座っているお稲が、うんうんとうなずく。

「まことに……」

伊織は視線を要之助とお稲に往復させた。

「されど、このままお稲を屋敷に帰すのは考えものです。伊織殿もこれ以上お稲と同じ屋根の下で暮らすのはおいやでございましょう」

「どうしろと申す」

要之助はお稲に視線を向けた。

「お稲、このままどこぞへと好きなところへ消えるのだ。それが岡本家に世話になった唯一の恩返しだ」

「…………」

お稲は目をみはったままだった。

「いい思いをさせてもらっただろうが、こうなったのもおのれで蒔いた種だ。世話になった岡本家にいたずらに波風立てることはなかろう」

「お稲、おまえを屋敷に入れるつもりはない。その面二度と見たくもない。もし、屋敷に戻るなら、そのときこそおまえを斬る。わたしは本気だ」

伊織はさっと刀を振った。怖れたようにお稲は横に動いて立ちあがった。その顔は恐怖におののいていた。

「去ね。去ぬのだ」

再度伊織が言うと、お稲はゆっくり後じさり、そのまま林の小径を急ぎ足で去って行った。

そのお稲を見送った伊織は再び、要之助と主馬に顔を向けた。

「このこと内密に願えませぬか」

「もとより、そのつもりです」

要之助は応じた。

「恩に着ます」

伊織は刀を鞘(さや)に納めると、頭を下げて歩き去った。

その黒い影が見えなくなると、主馬がほっと安堵(あんど)の吐息を漏らした。

「要之助、うまくいったな」

「ああ、どうなることかと思ったが……」

「それにしてもおぬし、弁が立つではないか。おれは感心しちまった」

「思いつきだ。とは言っても、必死に考えをめぐらしはしたが……」

要之助はにやりと笑って、

「おい、腹が減った。今夜はおまえの奢(おご)りだ。どこかで飯を食おう」

「まかせておけ」

二人は表の道に出ると、城下の町へ足を向けた。

四

二日後、要之助が登城していると、偶然にも岡本伊織に出くわした。自ずと目があい、軽く会釈をした。伊織も無言で挨拶を返してきた。

その後、どうなったか気になったが、出勤途上なので聞くわけにはいかないし、供連れもあるので口を憚った。

目付詰所に入ると、主馬が近寄ってきた。

「例の一件だがな」

主馬はまわりに注意の目を向け、低声でつづけた。

「どうやらお稲はどこかへ行ったみたいだ。ひょっとすると、あのあとお稲が小林十三郎の家に駆け込んだのではないかと思ったが、その様子はないようだ。昨日も小林の家をのぞきに行ったが、お稲が訪ねた様子はなかった」

「あれだけ脅したんだ。いくら男好きなお稲でも、命が惜しいだろう」

「そうだろうな。まあ、これで一安心だ」

主馬はふーっと大きく嘆息した。

「だけど、岡本様はどうなさっているかな。大事な側女が突然姿をくらましたから
といって騒いでおられないだろうな」

「気にされているかもしれぬが、日がたてばお忘れになるだろう」

「そう願うしかないな」

「それにつけても要之助、あらためて礼を申す」

主馬はしかつめらしい顔で頭を下げた。

「おいおい、堅苦しいことはやめろ。もうすんだことだ」

そこへ清兵衛がやってきて挨拶をしたあとで、

「何かあったんでございますか……」

と、要之助と主馬を交互に見た。

なんでもないと、要之助が答えたとき、詰所に入って来た崎村軍之助が、

「おい、夏目。これへ」

と、要之助をそばに呼んだ。

「なんでございましょう」

要之助は軍之助のそばに座り、赤い団子鼻を見た。

「村廻り（むらまわ）に行ってくれ。参勤のための人集めだ。郡（こおり）奉行所に行って触れをわたして

くればよい。これがそうだ」

要之助は触書をわたされた。

「どこへ行けばよいので……まさか、郡奉行所をすべて廻るということですか……」

美園藩領内にはそれぞれの村を差配する郡奉行所が四つある。村はすべてを合わせると、四十六村あり、四つの郡奉行所で統括している。

「ひとりで領内を廻れとは言わぬ。おぬしはかつて大瀬郡にいたな。そこへ行ってこい」

無理難題を押しつけられるかと思っていたが、それを聞いた要之助は胸を撫で下ろした。

「承知しました」

「道草を食ってはならぬぞ」

「心得ています」

「これは上からの大事なお役目だ。おぬしひとりでは軽く見られる。誰か連れて行け」

「はは」

要之助は主馬を連れて行こうと思ったが、いつの間にか席を離れていたので、清兵衛に声をかけた。

「清兵衛、郡奉行所に行くのでついてこい」

「どちらの奉行所でしょう？」

「大瀬郡だ。そう遠くないから昼過ぎにでも戻ってくればいいだろう」

「わかりました」

それからすぐに二人は城を出て大宮道を辿った。宿場になっている城下町を過ぎ、下町の辻を折れて高槻道に入った。その道は京に繋がっているが、要之助は国境まででしか行ったことがない。

「お触れはなんでございましょう？」

町が途切れたところで、清兵衛が顔を向けてきた。

「人集めだ。来月は参勤で江戸へ行くことになっている。国境まで行列の数を揃えなきゃならねえだろう」

「そういうことでしたか」

参勤交代のために藩主に付き従う家来の数は、藤田家ではおおむね二百人ほどだ。しかし、国許を離れる際には、権威誇示のために行列の人数を増やす必要がある。

それに動員されるのは百姓町人である。これは臨時雇いで、国境まで行けば、あとは帰村してよいことになっている。

また江戸に入る際には、江戸藩邸に詰めている勤番侍を品川あたりに待たせ、行列のなかに入れることになっている。

諸藩には四千人や三千人の行列を整えるところもあるが、道中の人数はその半分に減るのが通例であった。

城下を離れると田畑が広がってくる。田植えがはじまっており、水の張られた田が鏡のごとく青い空を映し取っている。植えられたばかりの早苗はそよ風に揺れ、その上を燕が飛び交っていた。

「夏目さんは支度をされていますか？」

「おれはまだだ。出立まで半月はあるだろう。慌てることはない」

「されど、城内は参勤が近づいているせいか、そわそわと落ち着きがないですね。わたしも江戸に行くのは初めてなので、なんだか心が浮き立っています。江戸はどんなところなんでございましょうか」

「おれも初めてだからわからぬが、人が多くていろんな店がたくさんあって、とにかく華やかなところだというぐらいしか思いつかぬ。亡き父から話は聞いているが、いつも上の空だったからな」

要之助はそう言って苦笑する。いまさらながら、もっとよく話を聞いておけばよかったと思う。しかし、江戸へ行けばいずれわかることだ。

城を出て一刻ほどで郡奉行所に着いた。奉行所とは言うが、大きな百姓家に手を加えた程度のものだ。それでも役所としての体裁は整っている。

「よお、これは夏目ではないか」

門を入ったところで玄関から出てきた男が声をかけてきた。

五

それは磯村という帳付役だった。

「ご無沙汰をしております」

要之助が挨拶をすると、

「どうだ目付の仕事は。ちゃんと務まっておるか?」

と、磯村は頬をゆるめて聞いてきた。

「なんとかやっております。これは下目付の青木清兵衛です。帳付けの磯村さんだ」

清兵衛は腰を折って挨拶をした。

「城勤めはなにかと堅苦しくて大変であろう。して、今日は何用だ？」

「城からお触れです。お奉行はいらっしゃいますか？」

「役所におられる。まあ、ゆっくりしていけ」

磯村はそのまま庭の隅にある蔵のほうに歩き去った。

要之助が玄関から土間に入ると、座敷の文机についていた奉行の阿久津重吉が目をみはって見てきた。

「これは夏目……」

「お奉行、ご無沙汰をしております。お達者そうで何よりです」

「何をぬかす。わしは相も変わらずだ。どうだ目付仕事はおぬしの性にぴったりであろう」

「何をおっしゃいます。わたしはこちらの勤めが、自分にあっているとよくよくわかりました」

要之助が答えると、阿久津はアハハと愉快そうに笑った。なにを隠そう、要之助をこの奉行所から徒目付に飛ばしたのは阿久津であった。

要之助が清兵衛を紹介すると、

「青木と申すか。夏目の下におれば苦労が絶えぬだろう」

「いいえ、さようなことはありませぬ」

「いやいや夏目は油断のならぬ男でな。お役目はやるにはやるが、粗相も多い男だった。わしはそのための尻拭いに汗をかいておったのだ。目付職は厳しいお役だ。怠慢な夏目にはさぞやきついだろうと、ときどき話をしておったのだ」

「お奉行、人が悪すぎます。わたしのことを肴に悪い噂をしていらっしゃるのでしょう」

「おぬしによい噂はないわい。アハハハ。それでなんだ?」

阿久津は急に真顔になった。

要之助は持参した触書をわたした。阿久津はそれに目を通すと、

「今年は参勤だからそろそろこういう下知が来るだろうと思っていたところだ。相わかった。しかと手配りするゆえ、その旨伝えてくれ」

「よろしくお願いいたします」

阿久津は小柄で痩せた奉行だが、闊達で気さくな男である。村の者たちにも慕われ、配下の者たちからの信頼も厚い。

短い世間話をしていると、同役所に詰めている下役や小間使いの中間らがやってきて、懐かしそうな顔を向けてきた。

要之助はそんな彼らに目顔で挨拶をして、

「ではお奉行、しかとお頼みいたします」

と、言葉を足した。

「悉皆承った。夏目、怠けてはならぬぞ」

阿久津は苦言を呈するのを忘れない。

「怠けてなんぞおりませんので……」

「そうであることを願うばかりだ。青木、おぬしも苦労するだろうが、夏目の面倒を頼む」

「いえ、わたしは面倒を見ていただいているほうです」

「さようか。まあ、気をつけて帰ることだ。夏目、道草を食って釣りなんぞしてはならぬぞ」

「お奉行、また口の悪いことを……」

要之助が苦り切った顔をすると、阿久津はまた愉快そうに笑った。

「郡奉行所はのんびりしているようですね」

奉行所をあとにしながら清兵衛が言った。

「村方はのんびりしている。目付とは大違いだ。こっちにいる頃は楽だった」

「夏目さんは羽を伸ばされていたようですね」

「まあ、思い違いをよくされたよ。溺れかけている子供を助けたら釣りをしていたと思われたり、畑の西瓜を一個だけ頂戴したら百姓に訴えられたり、いろいろだ。だけどまあ、郡方は楽しかった。うるさい叱言を言う人もいなかったしな」

要之助は歩きながら遠くに霞んで見える宝来山を眺めた。

「でも、夏目さんには出世の道が拓けています。わたしはどうあがいても下目付からの出世は望めません」

清兵衛は十五俵一人扶持の下士である。下士から上士への出世はまず叶わない。それが藤田家のならいである。

「そうは言うが徒目付には上がれるだろう」

「そう願ってはいますが……」

徒目付の要之助は四十俵三人扶持であるが、亡父の功績があるので目付への出世の望みがある。目付になれば八十俵五人扶持だ。

「あきらめることはない。上役はちゃんと見てくれているはずだ。おまえは機転が利くし、腹の据わったところもある。おれなんかよりよほど仕事のできる男じゃねえか」

「さようなことはありません」

清兵衛は気弱な顔をする。要之助はそんな清兵衛を憐憫を込めた目で眺めた。武家社会はどんなに仕事ができようが才があろうが、家格や血筋がものを言う。下級武士のつらいところである。

「あれは……どうしたのでしょう……」

清兵衛が急に立ち止まって一方に目をやった。

六

田の畦道に五、六人の男女が集まってなにやら騒いでいた。

「なんだ……」

要之助は目を凝らしてよく見た。

「人が倒れているようです」

清兵衛が言うように、畦にひとりの女が倒れて、そのまわりに人が集まっているのがわかった。みんな百姓だ。田植えの最中に倒れたのだろう。

「様子を見に行くか……」

要之助は言うなり歩きだしていた。清兵衛があとをついてくる。

「おい、どうした?」

要之助が声をかけると、百姓たちが顔を振り向けてきた。年寄りの男とまだ十四、五の男女だった。倒れているのは四十前後の女で、仰向けに横たわって目を閉じていた。

「なんだかよくわかりませんが、いきなり倒れたんです」

年寄りの百姓は目をしょぼつかせ、不安げな様子である。

「息はあるのか……」

要之助が倒れている女のそばにしゃがんで様子を見た。顔から血の気が引き、呼吸が浅かった。素足の両脚は泥で汚れており、顔にも泥がついていた。

「おい、どうした。しっかりしろ」

要之助は女の頬をやさしくたたいて声をかけたが、反応はなかった。

「おまえたちの母親か?」

要之助は若い男女を見て聞いた。答えたのは年寄りの百姓だった。

「おかつというあっしの娘で、この子たちの親です。医者に診せたほうがいいでしょうか?」

年寄りは心許(こころもと)なさそうな顔を向けてくる。

「医者に診せるべきだろう。よし、運ぼう。清兵衛、おれが負ぶうので手を貸せ」

要之助は清兵衛に手伝わせて、おかつという女を負ぶった。気を失っているらしく、首が据わらず頭がぐらぐら動くので清兵衛が支えなければならなかった。

おかつの父親は利作(りさく)という近所の百姓で、あとはおかつの倅(せがれ)と娘たちだった。

「医者の家はどこだ」

村道に出て利作に聞くと、半里（約二キロメートル）ほど行ったところに医者の家があると言う。おかつは華奢(きゃしゃ)な女だが、半里も負ぶっては歩けない。要之助は倅と娘たちに、近所の家に行って戸板を借りてこいと命じた。

四人の子供たちは一斉に駆けて行き、しばらくして戸板を持って戻ってきた。その間も要之助は歩いていたので汗だくになっていた。

戸板におかつを乗せると、みんなで代わる代わる戸板を持って医者の家に急いだ。

「おっかさん」「おっかあ」と子供たちが、母親の顔を見ながら心配する。

四人の子供の長女は十八歳で、一番下の弟は十一歳だった。

医者の家に着くまでおかつは意識を失ったままだった。

「これは暑気中(あた)りだろう。まずは体を冷やさなければならぬ」

五十齢の両庵という医者は、おかつの容態を見てそう判断し、濡れた手拭いで体を冷やしはじめ、それから気付け薬を口に含ませた。

しばらくしておかつは閉じていた目を開け、うつろな顔で子供たちを見、それから利作に気づいて、

「おとっつぁん、ここは……」

と、弱々しい声を漏らした。

「両庵先生の家だ。暑気中りだったようだ。先生がそうおっしゃってる。お目付のお侍さんに助けてもらい、ここまで運んでもらったんだ。気分はどうだい？」

利作が不安そうな顔でおかつに訊ねる。

「なんだか寒気がする。頭がぼうっとしていて……」

おかつはか細い声を漏らし、目を閉じ、呼吸を荒くした。

「しばらく休ませるしかない。大事にはいたらぬはずだ」

両庵はそう言うが、子供たちは心配そうにおかつの顔を眺める。

「先生、助かるんだろうな」

要之助は両庵に聞いた。両庵はそれには答えず、利作と子供たちにおかつは飯を食べているか、水を飲んでいるかと問うた。

「朝飯を少し食べただけです。わたしたちの分があるから、おっかさんはいつもたくさんは食べないんです。水は飲んでると思います」

長女が泣きそうな顔で答えた。

「ともあれもう少し様子を見るしかない」

両庵はそう言うと立ちあがって、茶の間のほうに姿を消した。

「夏目さん、いかがします。ここで様子を見ていてもしかたないと思いますが……」

清兵衛が顔を向けてきた。

「そうだな」

要之助はそう言ったあとで、利作とおかつの子供たちを見た。

「あとは医者の言うことを聞くしかないだろう。おれたちは役目があるので城に戻らなきゃならん」

「ご面倒をおかけしました。おかげで助かりました。ありがとうございます」

利作が礼を言うと、子供たちも揃って頭を下げた。

要之助は清兵衛を促して立ちあがった。家の奥にいる両庵に声をかけ、おかつのことをよろしく頼むと言って玄関を出た。

そのときおかつが寝ている座敷から、「おっかさん」「おっかあ」という悲痛な声が聞こえてきた。

要之助ははっと清兵衛と顔を見合わせて、玄関に飛び込んだ。

「どうした？」

座敷に這(は)うようにして声をかけると、長女が泣きそうな顔を向けてきた。要之助は、もしやおかつが死んだのではないかと思った。

「おっかさんが、起きました」

「なに……」

「血色もよくなっています」

要之助はなんだ脅かすんじゃねえよ、と胸のうちでぼやいた。

「そうか、それならよかった」

「お世話になりました」

長女は丁寧に両手をついて頭を下げた。

両庵の家を出た要之助と清兵衛は、たいしたことなくてよかったと言いながら帰路についたが、腹が減っていた。

「どこかで飯でも食っていくか」

要之助が言えば、清兵衛は城に戻れば弁当があると言う。

「もう昼は過ぎてるんだ。軽くそばでも手繰って戻ろう」

「では、そういたしましょう」

二人は城下の外れまで来ると、小さなそば屋に立ち寄り、小腹を満たして城に戻った。ところが、詰所に戻るなり崎村軍之助があきらかな憤怒の形相で、

「おぬしらいま何刻だと思っておる。郡役所への往復にこんなに手間をかけるやつがあるか。山崎村まで片道二里もないのだ。とうに八つ（午後二時）を過ぎておるではないか」

と、頭ごなしに怒鳴りつけてきた。

「途中で百姓の女房が倒れていたので、医者に運んで手当てをしてもらいまして、その付き添いで……」

「言い条など聞きとうない。馬鹿たれッ。道草をしてはならぬと言ったであろう。聞いていなかったのか」

軍之助は遮って叱言を重ねた。

「聞いていましたが……申しわけありません」

何を言っても無駄だと思うので、要之助は清兵衛といっしょに頭を下げた。

「まったくどうにもしようのないやつだ。わしはおぬしらの世話役なのだ。おぬし

らの粗相はわしの粗相になる。もっと気を引き締めてやれ。わかったか」

要之助と清兵衛は小さくなって頭を下げるしかない。

七

それは数日後の宿直（とのい）あけの朝のことだった。

要之助は帰り支度を終えると、迎えに来た供の三人と家路を辿（たど）った。供の三人は番袋を持ち、草履を持ち、槍（やり）を持っている。番袋は挟箱（はさみばこ）の代わりで、宿直番のときの衣類や夜具などを入れてある。

参勤出立が近づいているので、昨夜は誰もが江戸のことを話していた。要之助は何度も参勤交代に参加している古参の徒目付の話に聞き耳を立てていた。

一言であらわすなら江戸は、美園城下の百倍も千倍も華やかな町だという。相撲に芝居、大きな祭り、花火、そして吉原（よしわら）や両国（りょうごく）などの歓楽街。

古参の者はそんなことを自慢げに話し、吉原の花魁（おいらん）道中は一度は見ておくべきだと勧めた。

要之助も吉原の話は何度か耳にしていたので興味がわいた。江戸に行ったらまずは吉原だと思いもする。

　大手門を出て大宮道に出たところで、要之助は供の三人を先に帰し、米問屋の岩井屋に足を向けた。源吉に先日の礼を言うのを忘れていたし、江戸参勤の話をしておきたかった。

　岩井屋に近づいたときだった。風見川に架かる吾妻橋を駆けてわたってくる源吉の姿が見えた。なんだか慌てている素振りである。源吉も要之助に気づいたらしく、一度立ち止まり、

「要さん、丁度よかった。大変です」

　そう言ってまた駆けてきた。

「なにが大変だ……」

「あ、あの女です。あの女が殺されたんです」

　源吉は首筋の汗を手で払うようにぬぐった。

「あの女というのは……」

「ほら要さんが見張っておけといった、小林十三郎様の家を訪ねた女です」

「お稲か」

　要之助は目をみはった。

「そ、そのお稲が殺されたんです」

「どういうことだ?」

「そりゃあおれにはわからないことです。下町の近くで死体が見つかり大騒ぎです」

要之助はひょっとすると伊織が殺したのかもしれないと思った。もし、そうなら大変なことだ。

「いつわかったんだ?」

「ついさっきのようです。掛け取りに行ったら、なんだか野次馬が騒いでいるんでのぞいてみたら、あの女だったんですよ。おれは死体(ほとけ)を知っているんでどうしようか迷ったんですが、下手なことを言えば面倒なことになるんで、要さんに相談しようと思っていたとこなんですよ。どうしたらいいです?」

源吉は落ち着きをなくした顔を向けてくる。

要之助は通りの先に目を走らせた。お稲が誰に殺されたかわからないが、ここはたしかめる必要がある。

「調べははじまっているのか?」

「町奉行所の役人が何人かいました」

「行ってみよう。死体があるのは下町のどこだ?」

「川岸です。おそらく殺されたあとで川に落とされたんじゃねえかと。着物も髪も濡れていましたから」

すべてを聞く前に要之助は歩きだしていた。下町は色町である。酌取り女や枕芸者もいるし、女郎を置いた店もある。

要之助は下町に入ったところで、戸板を運ぶ者たちを見た。そばには町奉行所の同心二人と、問屋場に詰めている宿役人の顔もあった。

死体をのせた戸板は、要之助の脇をすり抜け、そのまま上町の問屋場に運ばれていった。

調べにあたっている同心は、要之助もよく知っている原口六兵衛だった。もうひとりは清水修次郎という原口配下の同心で、ひとりの男の後ろ帯をつかんでいた。

六兵衛も清水も要之助に気づかずに問屋場に消えた。

「要さん、どうするんです？」

源吉が不安そうな顔を向けてくる。そのとき、清水が血相変えて問屋場から飛びだしていった。さらに宿役人の帳付が中町にある料理茶屋若松屋に走って行った。

若松屋はお稲が以前勤めていた店だ。

「源公、落ち着け。しばらく様子を見よう」

要之助はそう言って問屋場の反対側にある茶屋に行って、床几に腰を下ろした。

「おれはあの女を知っててんですぜ。町方にそのことを言わなくていいんですか。教えたほうがいいんじゃねえですか」

茶を運んできた店の女が去ってから源吉が話しかけてくる。

「おれも知っている女だ。あれは勘定奉行の岡本久右衛門様の側女だった。だが、お稲はもう岡本様の屋敷にはいなかったはずだ」

「どうしてそんなことを……」

源吉は目をまるくする。

「いろいろあるんだ。まずいことにならなきゃいいが……」

要之助がもっとも心配するのは、お稲を殺したのが伊織ではないかということだ。そうでないことを祈りたいが、それは原口六兵衛の調べ次第だ。

しばらくして若松屋に行った清水が、ひとりの男を連れて問屋場に戻った。

「あの男は誰だ？」

「若松屋の旦那ですよ」

すると、お稲の身許はすぐにわかるということだ。そして、若松屋の証言で岡本久右衛門の名前は当然出てくる。

要之助は問屋場のなかでどんなやり取りが行われているか気になってしかたがない。足を貧乏揺すりさせながら、様子を見に行こうかどうしようか迷う。

自分は徒目付である。城下で起こる事件に関わることができる。

「よし、ここにいても埒があかねえ。ちょいとのぞいてくる」

要之助は立ちあがると、源吉にここで待てと言って問屋場に足を進めた。

と、戸口前に来たとき、原口六兵衛が表に出てきた。

「や、これは……」

六兵衛は要之助をにらむように見た。

第三章　参勤は天気次第で恨めしや

一

「殺しがあったそうですね」

　要之助は六兵衛をまっすぐ見て言った。

「これは町方の仕事だ。お徒目付の出番ではない」

「まあ、出番ではないでしょうが、どうなってるんです？」

　六兵衛は黙したまま数歩進んで、要之助を振り返った。

「殺されたのはお稲という女だ。以前は若松屋の女中をやっていたが、勘定奉行の岡本久右衛門様に見初められ側女になっていた」

「岡本様を詮議するので……」

「そこが思案のしどころでな。お稲は数日前から下町に出入りしていた。どうやら、岡本様のお屋敷を抜け出していたようだ」

「下手人の目星はついているので……」

「おそらくすぐにわかるだろう」

要之助はひくっとこめかみを動かした。

「それは誰で……」

「いまははっきりは言えぬ」

六兵衛は視線を通りにめぐらした。町人たちが行き交っている。商家の前で問屋場のほうを見ながら立ち話をしている者もいた。

「殺しの得物はなんです？」

「紐だ。お稲は首を絞められ、川に沈められていた。いまからその場所を見に行くが、ついてくるか」

要之助はうなずいた。そのまま六兵衛のあとに従い、お稲の死体があがった場所に行った。そこは下町の外れで、星乃川の川岸だった。二艘の荷舟が下流から上ってきて、川上から材木船が下ってきていた。

「お稲の足にはご丁寧に石の重しがくくりつけてあった。このあたりは水嵩が多いのであがらないと考えたんだろうが、そこが下手人の浅はかさだ。慌ててくくりつけたらしい紐はいつしか緩み、死体を浮きあがらせた。悪いことはできぬということだ」

要之助は六兵衛が指さすあたりを眺めた。星乃川はきれいに澄んでいるが、そこだけよどみになっていて水深がありそうだ。

「このあたりでお稲の首を絞めて殺し、重しをくくりつけて投げ落としたのだろう」

六兵衛は顎をさすりながら独り言のようにつぶやき、足許の地面を仔細に眺めた。

要之助も釣られて地面に視線を這わせる。

六兵衛は下手人が落としたものがないか、それを探しているのだ。しかし、そんなものは見あたらなかった。

六兵衛はあきらめて河岸場を離れた。要之助はあとにつづく。

「問屋場にしょっ引いた男は誰です?」

「常松という若松屋の料理人だ。お稲が女中だった頃懇ろになっていた時期があったらしい。朝から死体のあがったあたりをうろついていたのを見た者がいてな。それで話を聞いているところだ」

問屋場に戻ると、同心の清水修次郎が要之助と六兵衛を見て、

「こやつでした」

と、言った。

要之助は片眉を動かして常松を見た。すでにうしろ手に縄を打たれうなだれていた。

「てめえだったか。詳しい話を聞かしてもらおうか」

六兵衛は居間に上がり込んで、常松と向かい合った。

要之助はその二人のやり取りを聞いてから問屋場を出た。伊織の仕業でなかったことに胸を撫で下ろしていたが、後味の悪いものを感じていた。

「どうなったんです？」

茶屋の床几で待っていた源吉が、要之助に顔を向けてきた。

「心配はいらねえ。おめえが詮議されることはねえ」

「どういうことで……」

「下手人は若松屋の常松という料理人だった。お稲と昔懇ろだった男だ。お稲は勘定奉行の岡本様に気に入られて側女になったが、先日、屋敷を出ていた。出たはいいが、食い扶持がない。金もない。それで、常松と縒りを戻そうとしたのだが、常

松は一度袖にされていたので腹を立ててお稲を罵った。ところがお稲も黙っていなかった。あんたが不甲斐ないからお奉行の屋敷に行くことになった。ほんとうは行きたくなかったとか、そんなことで口喧嘩になり、カッとなった常松が持っていた細紐でお稲の首を絞めたんだ」

「そういうことでしたか。いや、おれはいろいろと調べられるんじゃねえかと思って、冷や冷やしてたんです。するってぇと、おれが調べられるようなことはねえんですね」

「おめえは別に殺しに関わっちゃいねえだろう。おめえは小林十三郎の家を見張っていただけだ」

「まあ、そうですが……」

「そこへたまたまお稲がやってきて、小林との話を盗み聞きしただけだ」

「そうです。でも、要さんはなんでおれにそんなことをさせたんです？」

「いろいろ込み入ったことがあったんだ。だけどよ、今日の殺しとは関係ねえことだ。とにかくお稲殺しは一件落着だ」

「それならよかった」

源吉はやっと安心顔になった。

「それで源公よ」

「へえ」

「おれは参勤で江戸に行くことになった」

「江戸へ……。そりゃあ楽しみじゃないですか」

「まあ、楽しみもあるが、長旅だからな。どんなことがあるかわかりゃしねえ。だけどよ、おめえに江戸土産を買ってこようと思うが、何かほしいもんはないか？」

「急に言われても思いつきませんよ。要さんにまかせますよ」

「それじゃなにか考えておこう。さ、帰るぜ」

要之助と源吉はそのまま茶屋をあとにした。

二

美園藩藤田家の参勤出立の予定は、五月十日であったが、あいにくの雨に祟（たた）られ、三日遅れとなった。江戸まで順調にいけば十日から十二日の予定である。しかし、途中で川留めにあった場合などを考慮し、余裕を持たせて半月ほどと見ている。

出立の朝は、慌ただしかった。まだ夜の明けきらぬうちから、母の千代はなにかと世話を焼く。

「要之助、足袋を忘れていますよ。手拭いも少し多めに持って行きなさい。羽織袴には熨斗を当ててありますからしわが寄らぬように気をつけるのです」

「母上、昨夜のうちに何もかもあらためています。足袋も手拭いも挟箱に入れてあります。ああ鈴、扇子だ。おれの扇子はどこにやった？」

要之助はすでに旅装束になっていた。手甲脚絆、野袴に打裂羽織という出立だ。

「兄上、扇子でしたら帯に差しているではありませんか」

鈴に言われた要之助は、自分の帯を見て苦笑する。

「お腹は大丈夫ですか？　にぎり飯を持って行くならすぐに作ります」

千代はなにかと気遣う。

「さっき食べたばかりなので腹は空いておりません」

「長旅なのだから草鞋は余分に入れていますね」

「ご心配なく」

要之助は大小を腰に差し、草鞋を履いて緒をしっかり結び、一文字笠を首にかける。

「では、行ってまいります」

玄関で振り返って千代と鈴を見た。

「兄上、お土産忘れないでくださいまし」

鈴が言えば、

「たまには便りを寄越すのですよ」

と、千代が言葉を足す。要之助は強くうなずき玄関を出た。挟箱を中間の十吉に持たせ、小助に槍を持たせる。草履取りの彦蔵があとにつづく。

赤みの差した東の空が徐々にあかるくなっている。夜明けを知らせるように小鳥たちの声も騒がしい。大宮道に出ると、旅支度を終えた藤田家の家臣らが城に向かって歩いていた。

これから国許を離れ、江戸に向かうのだと思うと、我知らず身が引き締まる。

大手門を入ると、すでに従者として雇われた村の者たちが地べたに座って休んでいた。その数、二百人ほどであろうか。みんな一様に一文字笠を被り、小袖に股引を穿いていた。

要之助は一度目付詰所に入り、先に来ていた者たちに挨拶をし、

「清兵衛、忘れ物はないか？」

と、声をかけた。

「何度もあらためましたのでありませぬ」

「いよいよだな」

いつもの場所に腰を下ろして言うと、黒部忠五郎がやってきて要之助を呼んだ。

「道中の宿場には先触れを出さなければならぬ。その役をおぬしにやってもらう」

「わたしひとりでございますか？」

「その際は、青木を連れて行くとよいだろう」

「承知しました」

「出立までまだ間はあるが、大手門に集まっている村の者たちをよく見ておけ。行軍の仕様は徒頭が指導しておるが、出立前に粗相があってはならぬので目を光らせておけ」

「はは」

忠五郎は頼んだと言って目付控所に戻っていった。

それを見た要之助は清兵衛を連れて、大手門に集まっている従者たちの監視に向かった。

誰もがぼそぼそと話をしている。煙草を喫んでいる者もいれば、持参のにぎり飯を頬張っている者もいた。

すでに日が上り、あたりはあかるくなっていた。

「清兵衛、おれたちの荷物は預けてあるな」

要之助は清兵衛を見て問うた。

「さっき、中間に預けました」

その中間は江戸まで随行する者たちだ。大手門に集まっている者たち（ほとんどが領内の百姓たち）は、国境の峠で解散させられる臨時の家来だ。

そのうち家老がやってきて、騎馬に乗った番頭がやってきた。要之助と清兵衛は従者たちを立たせ、整列させる。先頭に立つのは黒部忠五郎だった。陣笠に羽織袴姿である。

最後に藩主藤田伊勢守氏鉄を乗せた乗物が到着した。担いでいる陸尺が乗物を下ろすと、簾の小窓が小さく開けられ、氏鉄が扇子を振った。

出立の合図である。同時にどんどんと太鼓が打ち鳴らされ、大手門が大きく開かれた。門前には国に残る家老以下の家臣らが整列していた。

「進めッ！」

忠五郎の号令で行列が動きはじめた。総勢四百三十人。城を出た行列は粛々と、城下を貫く大宮道を進む。町の者たちが見物に出ている。

「脇へ避けろ。避けろ」

露払いをする先頭の忠五郎が見物人たちに注意を与える。

忠五郎の背後には順に槍持・毛槍持・徒衆・藩主の乗物・鉄砲組・長持・徒衆・挟箱持・弓組などとつづく。藩主のそばには近習侍と小姓が従っている。行列のなかほどと氏鉄の乗物には騎馬がついている。

徒衆は旗指物を背中につけている。また前方の毛槍は白、後方の毛槍は黒である。その他に、医者もいれば台所役人もいる。台所役人は宿場の本陣に泊まる際の、藩主の食事掛だ。

城下には無数の見物人たちが立ち、藩主一行を見送ってくれた。行列は宿場を離れ、高槻道に入り、途中で風見川をわたり、宝来山のだらだらとした坂を上った。

「私語はならぬ」

村を通過する際に臨時雇いの従者に注意を与えるのは、行列を差配し監視する要之助と清兵衛の役目だった。

国境である杖立峠に達したのは、城を出て一刻半（約三時間）後のことだった。

黒部忠五郎が行列の足を止め、そこで臨時雇いの百姓たちを解散させた。その者たちが来た道を引き返すと、行列は再び動きはじめた。

そして、最初の宿泊地である桑名(くわな)宿に到着したのは、その日の夕暮れであった。

三

「やれやれだ」

旅籠(はたご)に草鞋を脱いだ要之助は、客間にあがるなり疲れた足を揉(も)み、女中の持ってきた茶に口をつけた。

「夏目さん、江戸参府も楽ではございませんね。これから江戸までずっと歩きなのですからね」

「明日は船だ。少しは楽になる」

「船……」

「聞いてねえか。黒部さんから明日は船で海をわたると聞いてる」

「へえ、そうでございますか。それはいいことを知りました。それにしてもこの宿場は大きいですね。美園城下の何倍もあります。旅籠の数も驚くほどです」

「数えたのか？」

「数えずとも、宿往還の両側にずらりと旅籠がありました。旅籠だらけと言えば大(おお)

袈裟ですが、まことに多ございます」

要之助は立ちあがって、窓から顔を出して宿場の様子を眺めた。なるほど清兵衛の言うとおりだ。旅籠の看板があちらにもこちらにも見える。茶屋や料理屋や他の商家も多い。

そのじつ、桑名宿は東海道筋でもっとも旅籠の多い宮宿につぐ旅籠数だった。

「明日は舟旅なら楽だ。清兵衛、酒でも飲んで疲れを癒やすか」

「結構なことです。さっき宿の者に聞きましたが、焼き蛤が名物だそうです。早速注文してまいりましょうか」

「頼む」

気を利かせた清兵衛だったが、すぐに戻ってきた。

「なんだ、早いな」

「いえ、黒部様からの使いが来ておりまして、夏目さんをお呼びです」

「おれを。なんだろう?」

「さあ」

「どこに行けばいいんだ?」

「本陣隣の吉田屋という旅籠だそうです」

要之助は羽織袴をつけなおし、黒部忠五郎の旅籠を訪ねた。

「呼んだのは他でもない。早速先触れの役目をやってもらう。明日の朝一番で舟に乗り、宮宿まで行ってもらう」

忠五郎は前置きもせずにそう命じた。

「朝一番でございますか？」

「卯の刻（午前六時）に舟を出す手はずになっておる。その舟に乗って宮宿まで行き、先触れを宿役人にわたしてもらう。一行の人数などを聞かれるだろうが、有り体に話せばよい。殿がお使いになる本陣にも行き、殿に仕える者たちの仔細も伝えてもらいたい」

「はは」

「青木を連れて行くとよいだろう」

忠五郎がそう言ったとき、ひとりの男がのそりとあらわれた。

「そのほうが夏目要之助か」

要之助がそうですと答えると、相手は勘定方の小川又兵衛と名乗り、頼みがあると言った。

「どんなことでございましょう」

「旅籠賃を値切ってもらいたい。先々の宿場でも同じことを談判してもらう」

「わたしが掛け合うんでございますか?」

要之助は目をまるくして、忠五郎を見た。

「おぬしならできる。造作もないことだ」

忠五郎はあっさりと決めつける。

「舟の手配りはすんでおる。明日の朝、卯の刻前に舟会所に行って名乗れば、先方が舟の手配をしてくれる。殿は昼前にこちらを立つことになっておる。さようなことだ」

「あの旅籠賃の掛け合いですが、いかほど値切ればよいのです?」

要之助は髪の毛の薄くなっている小川又兵衛を見て聞いた。

「できるだけ値切ってもらいたい。江戸参府には費えがかかるのだ。当藩には大盤振る舞いをするほどの余裕はない。少しでも倹約をしなければならぬ。頼んだ」

「さようなことだ」

忠五郎が口の端に笑みを浮かべて言葉を重ねた。

(おれが宿賃の掛け合いを……。そんなことできるかな。いやいや、まいったな)

要之助は自分の宿に戻りながら、ぶつぶつと胸のうちでぼやく。

「お待ちしていました。酒はぬるくなりましたが、いかがいたしましょう？」

宿の客間に戻るなり清兵衛がにこやかな顔を向けてきた。

「ぬるくてもかまわねえさ。それより面倒なことをまかされた」

「面倒なこと……。ま、どうぞ」

清兵衛が酌をしてくれる。要之助はひと息に盃(さかずき)をあけて、忠五郎と小川又兵衛から申しつけられたことを話した。

「わたしたちが旅籠賃の掛け合いを……」

清兵衛はぽかんと口をあけた。

「藩は倹約しなければならぬそうだ。だから値切れるだけ値切れってことだ」

「それはちょっと難しい掛け合いになりそうですね」

「だが、やるしかねえ。それに、この先の先触れもまかされたので、毎度おれたちは早起きをしてつぎの宿場に先乗りしなきゃならねえ」

「すると明日も早い出立ですか？」

「卯の刻前に舟会所に行かなきゃならねえ。行けば手はずしてあるそうだ」

「それじゃ今夜は早く休んだほうがいいですね。それで焼き蛤ですが、いかがされます」

「食うに決まってる。腹も減ってるから、飯もここに運ばせよう」

清兵衛はすぐに帳場に行って戻ってきた。

しばらくして女中が焼き蛤を運んできた。大きな蛤でぶ厚い身が入っていた。

「おお、これは酒が進みそうだな」

「夏目さん、明日は早いので飲みすぎないようにしましょう」

「飲んで早くひっくり返って寝るだけだ」

要之助は手酌で酒を飲んだ。

四

翌朝、出立の支度を終えた要之助と清兵衛は、旅籠を出て宿場通りに出た。まだ日は上っておらず東雲(しののめ)は青紫色に薄い橙色(だいだいいろ)をしていた。

旅籠も商家もまだひっそり静まっており、閑散とした通りには朝靄(あさもや)が立ち込めていた。

「宮宿に行ったら向こうで待っていればよいのですね」

清兵衛が話しかけてくる。

「そうだ。早く行ってやることとやって待つだけだ。なにせ海をわたるんだからな」

要之助はそう言って腹が減ったとぼやいた。

「まだ食い物屋はやっていませんからね。宮宿に行ったらあるでしょう。それで宮宿までいかほどかかるんでしょう？」

「さあ、いかほどだろうか。舟だから一刻ぐらいではないか」

要之助はその辺のことを聞いていなかった。

舟会所は伊勢の入海に注ぐ木曽川の河口にあり、そばに鳥居が建っていた。

「美園藩藤田家の徒目付夏目要之助だ。舟の手はずをしてあるはずだが聞いておろうか」

舟会所の戸口を入るなり要之助は、文机のそばで茶を飲んでいる男に言った。

「伺っております。どうぞ、おかけください。いますぐに支度をしますので……」

男は畏まって答え、茶を淹れてくれた。

舟会所には舟年寄役・舟肝煎役・舟組頭役などが詰めているが、朝が早いせいで要之助と清兵衛を待っていたのは舟肝煎役だった。

その男は一旦表に出たが、すぐに戻ってきて、舟を出す支度は調っていると告げた。

「ならば早速行こう」

要之助が茶を飲みほすと舟肝煎役が舟着場まで案内してくれた。舟着場とその近くには大小の舟が多数係留されていた。藤田家のために準備してあるのだ。

船頭がこっちですと手をあげたので、要之助と清兵衛はその舟に向かった。ひらた舟に帆をかけてあった。二十石程度の小さな舟だ。大きい舟でも百石ぐらいだろう。

ただし、大名が乗るのは「御座船」と呼ばれ、他の舟とは仕立てが違って豪華だった。

「では、気をつけていってくださいまし」

舟肝煎役が岸壁で頭を下げた。

「おれは夏目要之助だ。これは青木清兵衛。船頭、おぬしの名は？」

「太兵衛と申します。では、出しますので……」

そう言って太兵衛は棹を使って舟を岸壁から離れさせた。ゆっくり海に向かって進んでいく。

「宮宿までいかほどかかる？」

要之助は太兵衛に聞いた。

「今日は潮が引いていますので、少し大まわりになります。まあ、三刻（約六時間）ぐらいでしょうか」

「そんなにかかるのか……」

要之助は清兵衛と顔を見合わせた。

「潮が満ちてるときは陸の近くを走るので一刻半か二刻ですが、潮がこう引いていると沖まで行かなきゃなりませんで……」

たしかに海は遠浅らしく干潟が多い。

「おい清兵衛、朝飯も昼飯も抜きになるな。宿で弁当でも作ってもらうべきだったな」

「それに水も持っていませんで……」

要之助もはたと気づいた。竹筒に水を入れるのを忘れていた。だが、もうあとの祭りだ。

舟は沖合に出ると帆を張ってゆっくり進んでいった。

静かに上った朝日を受ける海がきらきらと光った。東の空は黄金色に変わり、水平線の上には白い雲が浮かんだ。

「桑名から宮宿までいかほどあるのだ？」

要之助は梶を操って舟を進める太兵衛に声をかけた。

「陸沿いなら七里ほどです。今日は大まわりしますので十里あるかないかでしょうか」

要之助は清兵衛を見た。

「七里だとよ」

「歩くよりましなので、楽な舟旅と思うしかありませんね」

沖合に出ると少し舟足が速くなった。白い帆がぱたぱたと音を立て、水押が波をかき分ける。空に舞うウミネコがまさに猫のような声を降らしてくる。

舟は大まわりをしているが、さいわい波は穏やかだった。遠くに見える海岸には松林が見え、その先の山は緑に覆われている。風は涼やかで気持ちがよかった。

だんだん腹が空き、喉が渇いてきたが、我慢するしかなかった。桑名を発って二刻半ほどで、目的地の宮宿の舟着場に着いた。

「先に腹拵えをしよう」

舟を下りるなり要之助は飯屋を探した。さいわい舟番所のそばに飯屋があったので、そこで急ぎ朝餉と昼餉を兼ねた食事をして人心地がつくと、宿役人の詰める問屋場を訪ねた。

「ご苦労様でございます。先触れは届いておりますので、すべて手配りは終わっております。どうかご安心を……」

問屋役は頬をゆるめながら、要之助と清兵衛の労をねぎらった。

「さようか。では、あとのことしかと頼む」

要之助はそのまま表に出た。

「清兵衛、まずは関札をたしかめる」

これは重要なことだった。関札はどこの大名とその家臣が宿泊するので、他のいかなる藩であろうとこの宿場に留まることは許さないという厳重な立札だった。

二人は宿場の京口と、藩主藤田氏鉄が泊まる本陣の前に掲げられた関札を確認した。

「触れ通りに手配りされていますね。こういうことだったらわたしたちは無用ではありませんか」

宿場通りを眺めながら清兵衛が言う。

「そこは落ち度があってはならねえからだろう。さ、これからが大変だ。清兵衛、旅籠賃の掛け合いだ。おれはそういうことは苦手だ。おまえにまかせたい」

「いえ、それは夏目さんのお役目でしょう。わたしもさような掛け合いはご勘弁を」

清兵衛は逃げ腰で拒む。

「だったら助をしろ。二人で掛け合えば何とかなるだろう」

五

清兵衛は昨夜受け取った宿割りの写しを手に、旅籠まわりをはじめた。

城を出て国境の杖立峠で、臨時の従者を帰した藤田家の一行の数は二百十五人。宮宿には二百軒以上の旅籠があるので、宿場は楽に収容できる。

まず訪ねたのは油屋という旅籠だった。ここには足軽の徒衆が三十人泊まることになっていた。

「しめて四千五百文となっておりますが、お代はお立ちのときで結構でございます」

油屋の主は揉み手をしながら要之助と清兵衛の顔を窺う。

「いや、そのもう少し安くならぬか。藤田家は台所が苦しくてな。帰参の折にも世話になるのだ」

「お一人様につき百五十文は勉強してのことです。それ以上負けるとなると、手前ども苦しくなります」

「苦しいのはお互い様だ。お上のご用で江戸に向かうのだ。そこを何とかしてくれぬか」

「この先何年もこの旅籠と付き合うことになるのだ。そのことを考えれば損はないはずだ。負けてくれぬなら、身共らは宿替えを考えなければならぬ」

清兵衛が助け船を出す。

「さようだ。負けてくれぬなら、他の旅籠に掛け合うことになる」

要之助も言葉を足す。とたん、主の顔が渋くなった。

「それは困ります。でしたらお一人様百四十文ではいかがでしょう」

主は算盤を持って、しめて四千二百文だと言った。十文安くしてもらったが、要之助はできるだけ値切ってくれと言われている。

「一人百文にしてくれぬか。しめて三千文だ」

清兵衛が大きく値切って言った。思い切りのよさに、要之助は思わず清兵衛を見た。

「それはちょっと……いやあ、困りました……」

主はすっかり弱り果てた顔をする。

「たしかにそのほうの都合もあろうな。主、中を取って一人百二十文ではいかがだ」

「百二十文、それもちょっと厳しゅうございます。ですが、藤田伊勢守様のお顔もありましょうから百三十文でお許しいただけませんか」

「夏目さん、さように申しておりますが、いかがされます？」

清兵衛が打診してくる。その目がそれで折り合いをつけましょうと言っている。

「相わかった。では、一人百三十文で頼む」

「ありがとうございます」

主は礼を言いはしたが、「はぁーあ」と、小さなため息を漏らした。

「なんだ、おまえ駆け引きがうまいじゃねえか」

油屋を出た要之助は、清兵衛に感心顔を向けた。

「いえ、とっさの思いつきで掛け合ってみただけです」

「そのとっさの思いつきだろうがなんだろうが、油屋が二十文安くしたのであとの旅籠もそれだけは負けてもらわねばならぬ」

「先例を作りましたからね」

得意そうに言う清兵衛に、

「つぎもおまえに頼む。おれには真似できねえことだ」

と、要之助は押しつける。

「そ、そんな……」

「いやいや、おまえでなくてはこういう仕事はできぬ。主馬ならおそらく役に立たないはずだ。清兵衛、おまえの才覚だ。やれ」

要之助は、最後は命令口調になり、

「掛け合う旅籠はあと四軒だ。造作もないだろう。なあ、清兵衛よ」

と、頬をゆるめて清兵衛の肩をぽんぽんたたく。

「まったく夏目さんは調子がいいんだから……」

清兵衛はしぶしぶ折れる。しかし、それから訪ねた旅籠でもひとり二十文を負けさせることに成功した。

藩主氏鉄一行が宮宿に到着したのは、夕七つ（午後四時）前であった。一行が各旅籠に入ると、要之助と清兵衛は黒部忠五郎に呼ばれた。隣には勘定方の小川又兵衛が座っていた。

「夏目、青木、よいはたらきをしてくれたようだな」

忠五郎がやわらかな表情で言えば、

「助かった。よくぞ値切ってくれた。このこと殿にもしかとお伝えするゆえ、この先の掛け合いもおぬしらにまかせる。二十文負けさせるとはなかなかできることではない。天晴れであるぞ」

と、小川又兵衛も褒めてくれた。

国許では叱られたり注意されることはあっても、褒められることはなかった。要之助と清兵衛は気をよくした。

参勤道中はその後も順調に進み、六日後に駿河国日坂宿に到着した。ただ、その手前の袋井宿あたりから天候があやしくなり、掛川宿を過ぎたときに雨が降りはじめ、誰もがずぶ濡れになっていた。

一行は早々に旅籠に入ると濡れた着物や草鞋などを乾かし、翌朝の出立に備えた。しかし、雨のやむ気配はない。

日坂宿は江戸から二十五番目の宿場で、周囲は山に囲まれている。こぢんまりした宿場で、町往還は六町半と短く、本陣と脇本陣が各一軒に旅籠屋は三十三軒だった。

「明日はやみますかね」

清兵衛が窓の外を眺めてつぶやく。雨の勢いは増しており、旅籠の庭にある紫陽花が濡れそぼっている。周囲の山には霧が立ち込めていた。

「やんでもらわなきゃ困る。明日は大井川をわたるんだ。街道一の難所と聞いているからな」

そこへ使いの者がやってきて、例によって二人は忠五郎に呼ばれた。本陣近くの旅籠に赴くと、忠五郎はやはり雨を気にしていた。

「明日は大井川をわたるが、このまま雨が降りつづけば川留めになるかもしれぬ」

「それは困りますね」

「困る」

忠五郎は一度天井を見た。屋根をたたく雨音が一段と高くなったからだ。

「明日はそのほうらに、つぎの宿泊地である丸子宿へ先乗りしてもらわなければならぬが、この雨だ。とにかく明日は早めに出立し、もし川留めになっているようならそのまま戻ってきてくれ。大井川の渡し場までは一里半ほどだ」

一里半ならさほどの距離ではない。ただ、雨があがっていればよいがと、要之助は心中で思う。

「足止めは食いたくないので、明日は七つ（午前四時）頃この宿場を発ってくれ」

「承知いたしました」

要之助は自分たちの旅籠に戻りながら、明日の朝は往復三里だから大したことはないと胸算用したが、これがとんでもないことになるのだった。

六

翌朝、要之助と清兵衛は暗いうちに旅籠を出た。雨は降りつづいている。

「よく降りますね」

清兵衛が歩きながら言う。

「いい加減やんでもらいたいもんだ」

要之助は暗い空を見あげる。街道のまわりは山ばかりで、木々の葉を打つ雨音とときおり吹く風の音がするぐらいだ。普段なら夜明けを知らせる鳥たちが鳴くはずだが、そんな声は聞こえない。

「川留めなら戻ってこなければならないんですね」

「川留めになっていないことを祈るだけだ」

要之助はそう言うが、川留めになっている公算が大きい。そうなれば金谷（かなや）宿の川会所と日坂宿を往復しなければならない。

だらだらとした上り坂がしばらくつづいた。街道の両側は鬱蒼（うっそう）とした山なので、暗がりを進んでいるのと同じだった。さほど歩きもしないのに、着込んだ蓑笠が雨を吸って重くなった。草鞋も同じである。

「ここが峠のようだ」

上り坂が終わったところで、要之助は立ち止まった。

「そうみたいですね。でも、大井川も金谷宿も見えませんね」

眼下に見えるのは鬱蒼とした山ばかりである。近くに立場の茶屋があったが、当然しまっていた。

「まだ暗いからな。さ、急ごう」

二人は下り坂を急いだ。ところが街道は蛇行しながら上りになり、また下りになりを何度か繰り返し、そしてようやく下りになった。それも急坂である。

「夏目さん、この道を引き返すのは一苦労ですよ」

清兵衛に言われるまでもなく、要之助もそのことに気づいていた。

「川留めになっていないことを願うだけだ」

そうであれば引き返す必要はない。

坂道を下りきった頃にようやくあたりがあかるくなった。そして、大井川の手前にある金谷宿に入ったのだが、川会所の脇に関札が立っていた。

二人はその関札を眺めた。丹波亀山藩松平但馬守一行が金谷宿に滞っているのだ。そのことを知った二人は、息を呑んで顔を見合わせた。

「川留めなら松平家は動かない。動かないということは、おれたちは引き返してそのことを伝えなきゃならない」

「そうなりますね。でも、どうなんでしょう……」

心許ない顔をする清兵衛を尻目に、要之助は川会所の戸をたたいた。

「誰かおらぬか。頼もう。美園藩藤田家の者だ」

声をかけると、すぐに戸が開かれた。

「おはようございます。ずいぶんお早いですね。川庄屋の伊助と申します」

五十がらみの男だった。川会所に詰める役人で、他に年行事と吟味人が詰めているはずだが、その姿はなかった。

「松平家が当宿に泊まっているようだが、今日は川越しをするのだろうな」

要之助はそうであることを願いながら聞いた。

「いいえ、昨日から川留めになっておりまして、川越しは二、三日お待ちいただかねばなりません。天気次第で二日後にはわたれるかもしれませんが、この降りですから……」

川庄屋の伊助は要之助の肩越しに表の雨を眺めた。

「すると三日は待つということか。藤田家の参府一行は日坂宿にいるのだ」

「そのままお待ちいただくことになります。この宿場に見えても、泊まる宿はございませんで」

「川が暴れているのか？」

清兵衛が聞いた。伊助は川を見ればわかると言う。

「よし、見に行こう」

要之助は川会所をあとにすると、大井川の土手に足を向けた。その途中に、川越人足が詰めるいくつかの番宿があった。

「ひょー」

要之助は川を眺めるなりあきれ声を漏らした。大井川は茶色く濁り、波をうねらせながら急流になっていた。浮き沈みしながら下る流木もある。

「とても川越しは無理ですね」

清兵衛は落胆した顔をする。

「これからまた日坂宿に戻らなきゃならねえってことだ」

「それも早く知らせなければなりません」

要之助は降りしきる雨に烟っている宿場を振り返った。この宿場は日坂宿より大きい。旅籠も多い。おそらく五十軒はあるだろう。本陣と脇本陣が埋まっていたとしても、旅籠に泊まることはできそうだ。

「清兵衛、宿割りがどうなっているか聞くのだ」

要之助に言われた清兵衛は土手を駆け下り、川会所に走った。要之助は宿場通りを歩きながらため息をつく。また戻るのか。あの急な坂を上り下りするのかと思うと、疲れがどっと出てくる。

「夏目さん、無理です。この宿場の旅籠は松平家の一行と足止めを食っている旅人たちでいっぱいだそうです。そのことを戻って知らせなければなりません」

川会所から出てきた清兵衛が告げた。

要之助は後戻りしなければならない峠道を仰ぎ見た。

七

雨で濡れているのか、汗で濡れているのかわからなくなった。息が切れ、足が重くなってくる。急坂はいつまでもつづく。

要之助も清兵衛も無言だった。口を利く元気がなかった。聞こえるのは足許の地面や周囲の木々をたたく雨音と、自分たちの荒れた呼吸の音だけだった。

金谷宿から日坂宿までは、正確には一里二十四町だ。しかし、急な坂道であり、雨で道もぬかるんでいるので、その距離は二倍にも三倍にも感じられる。

「あ、あそこに立場の茶屋があります。少し休みましょう」

清兵衛が声を喘がせながら言う。要之助もそうしようと応じる。足が棒のようになっていた。

茶屋に辿り着くと、表の床几に座って、しばらく呼吸を整えなければならなかった。年寄りのおかみがやってきたので、茶とにぎり飯を注文する。それを急いで腹のなかへ流し込み、汗と雨で濡れた顔や首筋をぬぐい、草鞋を履き替えた。

「とんでもないお役をいただいてしまいましたね」

「まったくだ。黒部さんもひどい人使いをするもんだ。なんで、おれたちにこんなことをさせるんだ」

要之助は黒部忠五郎を恨みたくなった。

「さて、急ごう」

要之助がそう言って立ちあがったとき、背後から声をかけられた。振り返ると十

七、八の若い女が立っていた。そばには二十四、五の男と、十四、五歳ぐらいの小男がいた。

「なにか用か？」

要之助は若い女を見た。色白で目鼻立ちの整った美人だ。

「大井川をわたって見えたんでしょうか？」

「いや、川留めだ。おれたちゃ川を見に行って日坂宿に戻るところだ」

「川留めって、川はわたれないということでしょうか……」

女は困り顔をして連れの男二人に顔を向けた。

「二、三日はわたれないようだ。金谷宿の旅籠（はたご）もいっぱいだ。どこから来たのだ？」

「わたしたちは江戸に戻るところです。昨日、日坂宿に泊まり、それで旅籠を引き払って金谷宿に向かうところなのです」

「無理だな。日坂宿に戻ったほうが利口だ」

女は戸惑い顔を連れの男に向けた。

「泊まる宿がなければ引き返すしかないのでは……」

「また戻るの」

「おれたちは金谷宿を往復してるんだ。それに比べたら楽なもんだ」

要之助が言うと、女はしかたなさそうに、そうするしかないようねと連れの二人に言った。

女はおゆきという名で、江戸の薬種問屋の娘だった。年は十七歳。背の高い二十四、五の男は、店の手代で直吉。もうひとりは半助という小僧だった。

三人は藤田家の参勤の一行が日坂宿に泊まっているのは知っていた。その一行が出立する前に大井川をわたるために、早く旅籠を出たのだった。

「夏目様たちにお目にかかって助かりました。会わなかったら、わたしたちもまた引き返すことになったのですからね」

要之助と清兵衛についてくるおゆきが言う。

「坂道がきついからな。この峠を越えれば、さほどではない。もう宿場は近い」

要之助は足を急がせる。おゆきたちは遅れずについてくる。

「店は江戸のどこにあるんだ？　おれは江戸に行くのは初めてだが……」

「本銀町にあります。藤田の殿様のお屋敷はどちらなんでしょう？」

「常盤橋御門内だ」

「あら、それでしたらわりと近くですわ。うちの店は今川橋のそばなんです。石町の鐘も近くです」

そう言われても要之助にはぴんと来ない。おゆきはなかなかの美人だ。正直、要之助の好みの女だ。

「お嬢さん、ひとつ心配があります。日坂宿に戻っても空いている旅籠がなかったらいかがします？　今朝、旅籠を払ったばかりで、他の旅人が入っていたりしたら困りますが……」

手代の直吉が心許ない顔をおゆきに向ける。

「そんなの戻ってみなければわからないじゃない。それに、旅籠を出て一刻もたっていないのよ」

「何という旅籠に泊まっていたのだ？」

「澤屋です」

「それならわたしたちの宿の隣だ。わたしたちは桔梗屋に泊まっていたのだ。もし、澤屋に空きがなかったら桔梗屋に泊まったらいかがだ。たしか客間に余裕があった」

清兵衛がおゆきを見て言った。

「それなら助かります」

歩きながらおゆきたちのことを聞いて、いろいろとわかった。おゆきたちは伊勢参りに行っての帰りで、おゆきの店は大和屋といった。若いうちに伊勢参りをしたほうがよいと考えての旅で、親に無理を言って許してもらったらしい。

そんな話をしているうちに日坂宿の江戸口が見えてきた。宿場通りには出立の支度を終えた徒衆や槍持たちの姿があった。

「おれたちは役目がある。もしあとで会えるならよいな」

要之助はおゆきたちを置いて、本陣そばに立っていた黒部忠五郎のもとに駆けた。

「ご苦労であった。それで様子はどうだ？」

「川留めでございます。二、三日はわたれないと川会所の者が申しておりました。それに金谷宿には亀山藩松平但馬守様一行が足止めにされています」

「うむ。さようなことであったか。ならばしかたないな。馬はどうした？」

「は、馬……」

「この宿と金谷宿の間は急な坂道がつづく。まさか歩いたわけではなかろう」

要之助は呆気にとられたように、清兵衛と顔を見合わせた。

「馬を使ってもよかったのですか……」

「使うなとは言っておらぬだろう」

（なんだ、それならそうと早く言ってくださいよ）

と、要之助は胸のうちでぼやいた。

「ともあれ、殿に川留めのことをお伝えしなければならぬ」

忠五郎はそのまま本陣の玄関に消えた。

第四章　田舎者なにもわからぬ江戸暮らし

一

藤田家一行はそのまま日坂宿に留まることが決まり、要之助と清兵衛は桔梗屋に戻ると、まずは着替えをして、濡れた着物を乾かすために客間に張った紐に掛け、やっとひと息ついた。

「黒部さんも人が悪い。馬を使っていいなら先に言ってくれりゃいいのに。朝っぱらからくたびれちまった」

要之助は煙草盆を引き寄せて煙管に刻みを詰めた。

「まったくです。でも、馬を使っていたらおゆきたちはそのまま金谷宿に向かったかもしれませんね」

「そうだな。で、あいつら澤屋に泊まることができたのかな?」

「さあ、どうでしょう……」

「たしかめてみるか。宿がなくてうろついていたら可哀想だ」

「それはそうですね。でも、おゆきはなかなかの別嬪ですね。江戸の女らしく垢抜けています。国許にはいない女です」

「おまえもそう思うか」

要之助は煙管を吹かして清兵衛を見る。

「おまえ惚れたんじゃねえだろうな」

「まさか。わたしには妻がいるのですよ。旅先とは言え、浮気心などもっての外です」

清兵衛は妻帯しているが、まだ子供はいなかった。

「真面目なやつだ。だが、そうだな。おゆきはたしかにいい女だ。大和屋という薬種問屋の娘だと言ったな」

「箱入り娘でしょう。少し気が強そうに見えますが……」

清兵衛は興味なさそうだ。しかし、要之助は好みの女だし興味がある。少なくとも二日は同じ宿場にいることになる。それに江戸でまた会えるかもしれない。ならばこの宿場でもっと近づきになっておくのは悪くない。

（うむ、そうだな）

勝手に納得する要之助は、煙管を灰吹きに打ちつけると、澤屋に行って様子を見てくると清兵衛に告げて客間を出た。

雨は相変わらず降りつづいている。傘を借りて澤屋に足を向けると、おゆきたち三人が玄関から出てきたところだった。

「おい、どうした。客間は空いていたかい？」

声をかけると、おゆきが顔を向けてきた。

「いいえ。入れ違いで部屋が埋まってしまったので、番頭さんが桔梗屋さんに話をしてくださり、そちらに移ることになりました」

「するとおれと同じ旅籠（はたご）じゃねえか。そうかい。そりゃよかった」

要之助が後戻りすると、三人が遅れてやってきて女中に客間に案内された。それも要之助の客間から二部屋隣だった。一部屋にはおゆきが泊まり、手代の直吉と小僧の半助は同じ客間だ。

「清兵衛、あの三人ここに泊まることになったぜ。それもすぐ近くの部屋だ」

「澤屋は空いてなかったんですか？」

「入れ違いで埋まったらしいんだ。この雨だし、大井川は川留めだから、この宿場に泊まる客が増えてんだろう」

「またわたしたちは、川留めが解かれるのをたしかめに行かなければならないのでしょうか」

「まあ、そのときは馬を使うさ。だが、明日ということはないだろう。それまでのんびりだ。朝が早かったんで昼寝でもするか。その前に飯を食わなきゃ」


着替えを終えたおゆきは、ふっと吐息をついて窓を開けた。雨は降りつづいている。小庭に咲いている紫陽花が雨の重みで、頭を垂れたようになっている。

「お嬢さん、お邪魔してよろしいですか」

廊下から声がかかった。手代の直吉だった。

「かまわないわ」

返答すると、障子を開けて直吉が入って来た。

「宿の主に聞いたのですが、もし、明日雨があがったとしても、二、三日は様子を見たほうがよいとのことでした。そうでないと大井川の水嵩が減らないそうです」

「そう、困ったわね」

「遅くなればなるほど心配が増します」

「そうね」

おゆきは急に暗い顔になって、腰を下ろした。袋井宿の旅籠でおゆきは実家からの手紙を受け取っていた。父勘兵衛が倒れて寝込んでいると書かれていた。どうして倒れたのか、その詳しいことは書かれていなかったが、早く帰ってきてくれとあった。

「旦那さまの容態がどうなっているかそれが心配でございます。大事にいたらなければよいのですが……」

父勘兵衛は五十四歳だ。もう若くはないが、江戸を発つときは元気だったし、どこも悪そうには見えなかった。それが急に倒れたという知らせを受け取ってから、おゆきは気が休まらなかった。

早く江戸に帰りたいという気持ちがあって、今朝は早く日坂宿を発ったのだった。

「焦ってもしかたないわ。しばらくこの宿場から身動きできないでしょう」

「それはそうですが、心配でございます」

直吉は暗い顔でうつむく。おゆきはかぶりを振った。

「あんた、そんな湿っぽい顔しないでちょうだい。こっちまで暗い気持ちになるじゃない。おとっつぁんは容易く死にはしないわ。そうでしょ」

「そうであることを祈っています」

「心配したからといって、おとっつぁんが元気になるかどうかわからないんだから。直吉さん」

「はい」

直吉が心許なげな顔をあげる。

「どうせならわたしを勇気づけるとか、励ましてくれるとかしてほしいわ。あんたの顔を見てると心配事がよけいに大きくなるじゃない。まったく」

「申しわけございません」

直吉が頭を下げたとき、廊下に夏目要之助があらわれた。

「お取り込み中かい？」

「いいえ。どうぞお入りになって」

「それじゃちょいと邪魔するぜ……まあ川留めだからしかたねえな。ここは尻を据えて、川留めが解かれるのを待つしかねえ。おい、どうした直吉。なんだか元気がねえじゃねえか。蛙にしょんべん引っかけられみたいな顔しやがって」

おゆきはその言い方がおかしくて、口に手をあててくすくす笑った。

「ああ、お嬢さんの前でしょんべんなんて言っちゃいけねえな。堪忍だ」

「夏目様っておもしろい方ですね」

「堅苦しいお武家奉公だから、たまに気を抜かなきゃやってられねえんだ」

「あ、お茶を……」

直吉が気を利かせて帳場に去った。

「何かあったのかい？　あいつ、妙に元気ねえじゃねえか」

「うちのおとっつぁんのことを心配しているんです」

「親父さんがどうかしたのかい？」

おゆきは少し躊躇ったが、要之助の顔を見て正直に話すことにした。

二

「そりゃあ心配だな。だけど、川留めになっているからな」

おゆきの話を聞いた要之助は深刻な顔になった。

「そうなのです。でも、焦ってもしかたないと思うのです。心配は心配ですけど…

…」

「川留めが解けたら真っ先にわたればいい。おれがその手配りをしてやる」

「夏目様が……」

おゆきは目をしばたたいた。

「おれは先触れのお役に与っている。殿一行より先に金谷の渡し場に行く。そのときに連れて行ってやる」

「まことにそんなことが……」

「できる。おれにまかせておけ。ただし……」

要之助は客間に視線をめぐらして、荷物はそれだけかと聞いた。おゆきの荷物は少ない。振分荷物と着替えを入れた風呂敷包みだけだ。

「これだけです」

「だったら軽尻を雇えばいい。江戸まではまだ長い道中だ。手代の直吉と小僧の半助も軽尻か乗掛を頼めばいいだろう」

軽尻は馬に人ひとりと荷物五貫目まで、乗掛は人ひとりと荷物二十貫目まで乗せられる。

「ご参勤の行列より先に行ってもよいのですか？」

「おれがいいと言ってんだ。まかせておけ」

おゆきは頼り甲斐のあることを言う要之助をあらためて眺めた。

「なんだ。おれの顔になにかついているか」

要之助が顔を撫でまわすので、おゆきはそれがおかしくてまたくすりと笑った。

「いいえ。いい方とお知り合いになってよかったと思ったのです。あの、夏目様はどんなお役についていらっしゃるのですか？」

「おれは徒目付だ。連れの青木清兵衛は下目付だ。二人とも初めての参府なんだが、先触れというしんどい仕事を言いつけられてる。まったく武士も楽じゃねえ。今朝も暗いうちからこの宿場を出て、ずぶ濡れ汗だくになって金谷宿まで往復だ。まあ、その帰りにおまえさんらと出会ったんだがな」

「お会いできて助かりました。そうでなかったら、わたしたちも同じように往復することになったのですからね」

そこへ直吉が茶を運んできた。

「女中に言えば持ってきてくれるだろうに、ご苦労なことだ。だが、すまねえ」

要之助は直吉が差し出した茶に口をつけた。

「直吉さん、夏目様が川留めが解けたらわたしたちを先にわたらせてくださるそうよ」

「そんなことができるのでございますか」

直吉は驚いたように目を見開いて要之助を見た。

「手配りしてくださるそうよ。それに軽尻を雇えばいいって」

「それは助かります。夏目様、よろしくお願いいたします」

直吉はきちんと手をついて頭を下げる。

「だけど、この雨はいつやむんだ」

要之助は一度表を見てから、おゆきと直吉に顔を戻した。

「なにか困ったことがあったら遠慮なく言ってくれ。この雨がやむまでは同じ宿だ」

「はい、よろしくお願いいたします」

おゆきが頭を下げると、要之助は立ちあがって部屋を出たが、すぐに振り返った。

「また遊びに来ていいか。しばらくはやることがなさそうだから……」

「ええ、おいでくださいまし」

おゆきが答えると、要之助はにこりと笑って自分の部屋に戻っていった。

「いい人に出会えてよかったわね」

「そうですね。お嬢さん、雨で体が冷えたんじゃございませんか。もう湯を使えるそうです。お入りになったらいかがです。風邪でも引いたら大変ですから」

　直吉が気遣ってくれる。

「そうね。でも、あとにするわ」

「それじゃ、何かご用がありましたら、声をかけてくださいまし」

　直吉はそのまま部屋を出て行った。

　ひとりになったおゆきは茶に口をつけると、すっと立ちあがって、雨の様子を眺めた。いっときは篠（しの）つくような降りだったが、雨脚は弱まっていた。

（早くやんでくれないかしら……）

　おゆきは心中でつぶやいて、小さなため息をついた。


「おゆきの親父さんが倒れたそうだ」

　要之助は自分の客間に戻ると、横になっていた清兵衛に声をかけた。

「いつです？」

「それはわからねえが、旅先の宿に江戸の実家から手紙が来たそうだ。それでおゆきたちは早く江戸に帰りたがっている」

「それは心配でしょうからね」

　清兵衛は半身を起こした。

「だが、川留めで大井川は越せねえ。おゆきはどうにもできないから肚をくって、川留めが解けるのを待つと言っている。女だてらに肝っ玉が太い」

「川留めじゃどうしようもないですからね」

「それで、川留めが解けたらおれたちより先にあの三人をわたらせる」

「そんなことできますか……」

「親が倒れてんだ。死ぬかどうかわからねえが、早く江戸に帰らせたほうがいいだろう」

「そりゃそうでしょうが」

「清兵衛、おれたちは殿たちより先に金谷宿に行くんだ。そのときにあの三人を連れていけばいいだけのことだ。文句は言われねえだろう」

「ならばよいのですが……仔細はこの雨ですね」

　清兵衛は半分開けてある窓の外を眺める。

「今日のうちにやんでくれればいいが……」

　要之助も雨を眺めて、言葉をついだ。

「酒でも飲むか。今日は何もないだろう」

三

雨は夜半にやみ、翌朝は薄日が差した。

その朝、要之助と清兵衛は黒部忠五郎の旅籠に呼ばれた。

「雨がやんでよかったが、すぐに川明けにはならぬはずだ。おそらくもう一日待たねばならぬだろう」

「すると出立は明後日でございましょうか」

要之助は強面の忠五郎を眺める。

「おそらく水嵩は増しているだろうから、その水が引くのに一日はかかるはずだ。されど、どうなるかわからぬ。今日はよいとして、明日様子を見に行ってくれぬか」

「承知しました。それで、明後日の出立の前にも身共らは先に金谷に行くのですね」

「川会所での手はずに遺漏があってはならぬから行ってもらう」

忠五郎から指図を受けた要之助と清兵衛は、自分たちの旅籠に帰った。

「今日は休みだな。だが、明日も金谷に行かなきゃならねえ。どうだ天気は？　また雨の降る気配はねえだろうな」

要之助が言うのへ、清兵衛が窓の外に顔を出して空を眺める。

「雲が流れていますし、雨雲も見えません。このまま天気は持つでしょう」

「そうでなきゃ困る。そうだ、明後日の出立だってことをおゆきたちに知らせておくか」

要之助はそのままおゆきの客間を訪ねたが留守だった。直吉の客間に行くと、

「お嬢さんは半助を連れて散歩に出かけられました」

「さようか。おそらく明後日の出立になる。そう心得ておけ」

「その朝早くに手前どもは出立できるのですね」

「おれが連れて行く、心配はいらねえさ」

「お世話をおかけいたします」

直吉は手代らしく丁寧に礼を言った。

要之助はそのまま旅籠を出て、宿往還の様子を眺めた。天気がよくなったので、旅籠に分宿している藤田家の家臣らが表を歩いたり、腰掛けに座ったりしていた。

要之助も暇つぶしに宿場を歩くことにした。江戸口のほうに常夜灯があり、その手前が本陣になっている。

本陣の前には警固役の槍持が二人立っていた。玄関には紫縮緬の定紋入りの幔幕

が張りめぐらしてあり、高張提灯が立ててあった。その脇に「藤田伊勢守様御宿」という木札も立っている。

近くの茶屋で暇をつぶし、店の女に宿場のことを聞いた。日坂宿の宿往還は東西に六町半ほどで、京口から古宮町・下町・本町と江戸口につづき、ほとんどの旅籠や商家は本町と下町にあり、周囲を山に囲まれた静かな宿場だ。

藤田家の家来たちが目の前を往き交っていた。みんな暇つぶしの散歩をしているようだ。足止めを食っている旅人の姿もあった。おゆきはどこに行ったのだろうかと、眺めるがその姿は見えない。雨で湿った道が日の光を照り返していた。

晴れ間が出たせいか蝶が飛び、楽しげな鳥のさえずりが聞こえてくる。

要之助が茶屋をあとにして京口のほうに歩いていると、脇道からおゆきと半助があらわれた。

「おお、どこへ行っていたのだ」

要之助が声をかけると、おゆきは朝の挨拶をして言葉をついだ。

「この先にお寺があるんです。女中さんに延命地蔵があると教えられ、そこにお参りしてきたところです」

「親父さんのためか。感心だな」

「無事であってもらいたいですから」

あかるい日の光を受けるおゆきの顔はつやつやしている。

「きっと大丈夫だ。いま頃は元気にはたらいてるかもしれねえぞ。それより、直吉にも伝えたが明後日出立だ。明後日の朝早く、おれたちといっしょに金谷へ行って、そのまま川越しをするんだ。その手はずは整えてやる」

「ご親切ありがとうございます。夏目様にお会いできてほんとうによかったわ。ねえ、半助」

半助は「はい」とうなずく。おとなしい男のようだ。

「夏目様、わらび餅は召しあがりましたか?」

「なんだそりゃ……」

「この宿場の名物らしいのです。わたしたちはいただいたのですが、とても美味しゅうございました」

「どこで食えるんだ?」

おゆきが旅籠の近くの茶屋で食べられると言う。もう一度食べたいと言うので、要之助は案内してもらった。

三人で床几に座り、わらび餅を注文して食した。とろっとした餅をきな粉と蜜につけて食べるのだが、しつこくなくまた甘くてうまい。餅はするっと喉をすべり降りていく。

「こりゃたしかにうまい。国許にはこんなものはない」

「夏目様のお国はどんなところなのかしら？」

「どんなって、まあ田舎だ。ここよりは開けているが、城があって川が流れていて……」

要之助は美園藩城下のことをざっと話してやった。

「なんだか住み心地のよさそうなところですね」

「それはどうかな。江戸のことはよく知らねえが、江戸に比べたら田舎だろう」

「江戸には一年ほどいらっしゃるんですね」

「まあ、そうなるな」

「是非、うちに遊びに来てください。あとで詳しい店の場所をお教えしますから」

それは願ってもないことだ。要之助は口許をほころばせる。

「ついでに江戸の案内も頼まれてくれねえか」

「お安いご用ですわ」

おゆきはにこにこと微笑む。要之助はその顔を見て、まぶしさを感じた。胸がときめくのはなぜか、と思いもする。

「とにかく明後日は大井川をわたれる」

要之助は茶を飲んで晴れわたった空を眺め、

(江戸に行く楽しみが増えた)

と、胸中でつぶやいた。

四

翌日、要之助と清兵衛は金谷宿へ行き、大井川の様子を見た。

濁った水の流れは速かったが、水嵩は少し減っていた。そんな川の様子を眺めている男がいた。川越人足のようなので声をかけると、自分は「待川越」という役目を預かっている喜作だと名乗った。

待川越は水練が達者で屈強な者が選ばれ、川越しの中止や川明けを判断するという重要な役目を負っていた。

「今日はだめでしょうが、ひと晩明ければわたしはできるはずです。明日の朝六つには松平様ご一行は川越しになるはずです」

「ならば藤田家は、そのあとにつづけるな」

要之助が言えば、喜作は赤銅色に焼けた顔を向けてうなずいた。

「松平家の川越しにはいかほどかかる？」

「まあ一刻(いっとき)はかからないでしょう」

要之助は清兵衛を見た。すると、藤田家が川越しできるのは、明日の朝五つ（午前八時）過ぎだ。余裕を見て、四つと報告すればよいだろうと要之助は考えた。

喜作は親切に川越しのことを教えてくれた。水深が肩（四尺五寸〈約百三十五センチメートル〉以上）まで来ると川留めになり、それ以下はわたれる。また、水深で料金が変わることも教えてくれた。

水深が股下(またした)なら四十八文、帯下で五十二文、帯上で六十八文、乳下が七十八文、脇までなら九十四文。しかし、水量によって川幅が変ずるので、川幅も考慮して料金が設定される。

「賃銭はどこで知るのだ？」

「明日の朝、川会所の前に木札を出します。それでわかります」

喜作は鼻をこすりながら答えた。さらに、人足ひとりの賃銭になる「川札」を買ってもらうという。連台を使うと「台札」を求めなければならない。連台は平連台から四方に手すりのついた大高欄連台があり、使用する連台によって台札の枚数も変わるらしい。

いずれにしろその川札なり台札を求めるのは、勘定方の小川又兵衛の仕事だ。

その日、日坂宿に戻ると、要之助は忠五郎に、明日の朝松平家の一行が六つに川越しをすることを伝え、藤田家の川越しは四つを目処にすればよいと報告した。

「では、さように手配りいたす」

忠五郎はうなずいて答えた。隣にいる小川又兵衛が、

「川越し賃銭はいかようになっておる。それは聞いてまいったか？」

と、問うので、明日の朝川会所に行けばわかると答えた。

「安くすめばよいが、川会所の者には心付けをわたさなければならぬ。いかほどの人数であった」

これには清兵衛が答えた。抜け目なく書き付けてきたのだ。

「川庄屋四人、年行事九人、添役二人、待川越十二人、川越小頭十二人、合わせて三十九人でございました」

「前と変わらぬな」

又兵衛はつぶやいてため息をつき、本陣の主と手代や倅にも、心付けをわたさな

ければならぬとぼやきながら算盤をはじいた。

その後、清兵衛は明日の朝のことを忠五郎と簡単に打ち合わせして、自分たちの旅籠に帰った。

「では、明日には大井川をわたれるのですね」

要之助の話を聞いたおゆきは目を輝かせ、よかったと胸を撫で下ろした。

「おれたちは明日、本陣より先に出立する。そのとき、いっしょに金谷へ向かう。川会所についたらその手はずをつけるが、いずれにしろ松平家一行が川をわたったあとだ」

「わたれるならそれに越したことはありません。夏目様、よろしくお願いいたします」

「今日のうちに軽尻を雇う手はずをしておくとよいだろう。直吉にまかせられるか」

「直吉さんに頼みます」

翌朝、まだ薄暗い頃に要之助と清兵衛は、おゆき一行の三人を連れて問屋場に行った。手配をしていた軽尻は三頭用意されていた。二頭には要之助と清兵衛、もう一頭はおゆき。手代の直吉と小僧の半助は歩きである。

森で鳥たちが騒ぎはじめた頃、要之助たちは日坂宿を発(た)った。山の上に浮かぶ雲がうっすらと赤みを帯びていた。

一行はだらだらとした坂を上っていった。周囲の森で鳴く鳥たちの声が高くなり、次第にあかるくなってきた。

要之助の馬を引く馬子は黙したまま歩きつづける。おゆきの馬のそばには直吉と半助がついているが、馬子は健脚だ。

「この峠には謂(い)われがあるんです」

要之助の馬を引く馬子が振り返って言う。

「ほう、どんな謂われだ。まさか幽霊が出ると言うんじゃないだろうな」

「このあたりは中山(なかやま)と言いまして、夜泣石があるんです」

「夜泣石……」

「その昔、この近くにお石(いし)という身重の女が住んでいました。そのお石が麓(ふもと)の里で仕事をした帰りに腹の子が産まれそうになり、松の根元にある丸石のそばで苦しんでいたところに、通りかかったある侍が介抱したのですが、お石が金を持っていることを知り、斬り捨てて金を奪って逃げたんです。ところが、そのお石の傷口から子供が生まれました」

「ふむ」

「それからお石の霊が、丸石に乗り移って夜ごと泣くようになったんです」

「石が泣きはじめたのか」

「そういう言い伝えです」

「それで生まれた子はどうなったのです？」

おゆきが馬の背に揺られながら問うた。

「近くにある寺の和尚がその赤ん坊を見つけて、音八と名付けて育てたそうです。その音八は大人になると、刀鍛冶になりました」

「母親が斬り殺されて刀鍛冶か……因果がありそうだな」

要之助が言うと、馬子はそうなのですと言ってつづけた。

「ある日、音八のもとに侍が来て刀を研いでくれと頼みました。音八がその刀を見て、いい刀だけど刃こぼれしているのが残念だと言ったところ、侍は十数年前、小夜の中山で孕んでいる女を斬り捨てたとき、近くにあった丸石にあたったのだと申しました」

「すると、その侍が音八の母親を……」

おゆきが目をみはって馬子に聞く。

「音八は母親の仇だと知ると、名乗りをあげて恨みを晴らしたそうです。その夜泣石と呼ばれる丸石が峠の近くにあります」

要之助は森閑としたまわりの山を見まわして耳をすませた。

「泣き声が聞こえねえな。朝だからか……」

「いえ、あっしも聞いたことはありませんで……」

馬子は苦笑いをして、そんな話があるんですと言っただけだった。

要之助はおゆきと顔を見合わせて首をすくめた。

下り坂に入ると、大井川が木々の間から垣間見えるようになった。

五

金谷宿に入ると、松平家の一行はすでに大井川を越えていた。宿場は閑散としていたが、川会所に行くと藤田家の参勤一行が来るので、旅人は川越しを待たされていた。

それに川越人足が島田宿から帰ってくるのを待つ必要もあった。

「夏目さん、おゆきたちは当家がわたり終えるまで待つことになります。どうします」

清兵衛が川会所のそばで待つおゆきたちを見て、要之助に顔を向けた。

「それは困るだろう。おゆきは一刻も早く江戸に帰らなきゃならないんだ」

「しかし、会所の役人は旅人の川越しを待たせています。おゆきたちだけわたらせるのは無理なのでは……」

要之助はおゆきたちを見て、

「おれが掛け合う」

そう言って川会所に入り、詰めている川庄屋に談判した。しかし、川庄屋は頑固で、

「三人だけとおっしゃっても、わたしてしまえば他に待っている旅人から文句が来ます。ここは藤田伊勢守様ご一行のわたしが終わるのを待ってもらうしかありません」

と、取り合わない。

「父親が死ぬかもしれぬというのっぴきならぬ事情があるのだ」

要之助が迫っても、川庄屋の首は横に振られるだけだった。

「石頭め」

毒づいて表に出ると、清兵衛と相談し、直接川越人足と話すことにした。人足たちが詰めている番宿を訪ねたが、みんな川越しをして島田側に行っているので誰もいなかった。

ならば、御法度だがどこかにわたれる場所がないかと川の様子を見に行った。川の水嵩は昨日より減っていて、ところどころに砂州がのぞいていた。河原も広くなり、その分川幅も狭まっていた。しかし、どこをどう見てもわたれそうなところはない。

そのうち、島田側に行っていた人足たちが戻ってきて、藤田家の一行を待つ準備に入った。要之助はそんな人足たちを捕まえ、特別におゆきたち三人をわたらせてくれと頼んだが、それはできない、川会所の掟があるので、破れば仕事ができなくなると言う。

どの人足に頼んでも受け入れてもらえなかった。そうこうしているうちに時間がたち、白と黒の毛槍が街道の山道に見え隠れするようになった。

藤田家の参府一行が近づいているのだ。

「夏目さん、殿の一行が来れば、おゆきたちの川越しは昼過ぎになるかもしれません」

清兵衛が焦れたように言う。

「わかっておる。だが、川会所のやつらはわかってくれねえんだ。くそ……」

近くの茶屋で待っているおゆきたちが、ちらちらと要之助と清兵衛を見てくる。いつ川をわたれるのか気にしているのだ。

要之助は藤田家一行より先に川越しさせると約束している。その約束を破りたくはない。川越しさせなければ、自分は嘘つきになる。

要之助は川会所と人足たちの詰めている番宿の前を何度も行き来した。そのとき、昨日会ったばかりの喜作という待川越に出会った。

「おお、喜作。話がある」

声をかけると、喜作は「昨日のお侍様で……」と、近寄ってきた。

「困っていることがある。じつは父親が死ぬかどうかわからぬ旅人がいるんだ。一刻も早く江戸に帰らなきゃならねえが、川会所のやつらは藤田家を差し置いて旅人を先にわたすことはできねえと言いやがる。何とかならねえか」

「掟がありますからね」

喜作は顔をしかめた。

「おめえの親父やおふくろが死にそうになっていたらどうする。一刻も早く行ってやりたいだろう。どんな様子か顔を見たいと思うはずだ。元気ならいいが、死に水も取れねえ、死に顔を拝むこともできねえなら、悔やんでも悔やみきれねえだろう。掟に縛られるばかりが世間じゃねえはずだ。そうは思わねえか」

喜作は至極真顔で要之助の説得を聞いていた。

「そういうことでしたら。あっしが掛け合いましょう」

「頼む。おめえが頼みだ」

要之助が川会所に向かう喜作を見送ったとき、清兵衛が慌て顔で駆けてきた。

「夏目さん、殿の一行がもうすぐ宿場に入ります」

要之助は慌てて往還の先を見た。山道を下ってくる一行の姿が見え隠れしていた。川会所に目を注ぐと、しばらくして喜作がかたい表情で戻ってきた。

（だめなのか……）

要之助は半分あきらめの心境になった。おゆきにまかせておけと言ったおれは嘘つきになると奥歯を嚙(か)んだ。そのとき、喜作がそばに来た。

「どうだった？」

「庄屋(しょうや)が急いでわたせと言ってくれました。あっしについてきてください。人足を呼びますんで」

「そうか、よかった。おまえはいいやつだな。恩に着る」

要之助は清兵衛におゆきたちを呼んでこいと指図した。

川越しの支度はすぐに調えられた。おゆきは平連台で、直吉と半助は人足の肩車でわたることになった。

平連台は幅二尺五寸（約七十五センチメートル）、長さ一間（約一・八メートル）ほどで横木が五本わたしてある。つまり梯子みたいなものだ。担ぐ人足は四人なので、その分賃銭は高いが、先を急ぎたいおゆきたちにはありがたいに違いない。

要之助は清兵衛を宿場の京口に立たせて、おゆきたちを見送るために土手に立った。水量の減った川幅は、百五十間（約二百七十メートル）ほどに狭まっていた。

人足たちの案内でおゆきたちは河原におり、そこからわたりはじめた。平連台に乗ったおゆきが振り返って、何度も頭を下げた。

要之助はうんうんとうなずく。

やがておゆきたちは川中を過ぎ、そして対岸に辿り着いた。

「夏目さん、殿様一行が到着しました」

清兵衛が土手に立っている要之助に告げに来た。

六

藤田氏鉄一行が大井川をわたりはじめた。総勢二百十五人の大渡河である。

先頭を黒部忠五郎の騎馬が進み、そのあとに徒衆（かち）、そして氏鉄の大高欄連台に近習と小姓がつづく。

氏鉄の乗る大高欄連台には四方に朱塗りの手摺（てす）りがあり、台と担い棒は黒塗り、横棒二本に縦棒二本。棒には鉄磨きの金具が打ち込んであり、連台に載せられた乗物（駕籠（かご））が動かないように青い麻紐（あさひも）でしっかり固定してある。

その連台を担ぐ人足は十六人。もちろん、乗物には藩主氏鉄が乗っている。

人足たちは上半身裸で腰に波に千鳥、あるいは雲に竜模様の帯を二重廻（まわ）しに締め、「ヨイト、ヨイト」と、かけ声をあげて進む。

要之助は殿（しんがり）につき、重臣の乗った平連台が川のなかほどを過ぎたときに、待川越の喜作の肩車でわたりはじめた。

空はすっかり晴れわたり、濁っていた川水も少しずつ透明度を高めていた。川幅は場所によって多少の差異はあるが、六百五十間（約千百七十メートル）ある。

川をわたればそこから駿河国だ。喜作に肩車されている要之助は遠くに日をやり、おゆきたちはいま頃どこまで行っているだろうかと思いを馳せ、早く江戸の実家に帰り着けることを祈った。

「喜作、世話になった。恩に着る」

島田宿側の河原に着いた要之助は、喜作に礼を言って心付けをわたした。

「お気をつけていってください」

喜作は頭を下げたあとで、にかりと笑い白い歯を見せた。

「清兵衛、江戸まではまだまだあるな」

要之助が声をかけると、先に待っていた清兵衛が振り返った。

「はい。江戸までたっぷり五十里（約二百キロメートル）以上あります。七日か八日はかかるでしょうか……」

「まだ、そんなにあるのか。江戸は遠いな」

また、これまでと同じ先触れ仕事をやらなければならないと思うと、少し気が滅入った。

だが、下腹に力を込め、

「つらい役目だが、気を引き締めてやるしかねえか」

と、気持ちを切り替えた。

「江戸に行ったら少しはゆっくりできるでしょう」

「そうじゃなきゃ、やってられねえからな」

要之助はにっかり笑って清兵衛を促して歩きはじめた。


藤田家の一行が江戸に到着したのは、五月二十八日のことだった。

上屋敷は常盤橋御門内にあり、要之助はその屋敷内にある長屋に部屋をあてがわれた。

また一部の者は箱崎町（はこざきちょう）二丁目の下屋敷と小名木（おなぎ）川通り八右衛門新田（はちえもんしんでん）の抱屋敷に振り分けられた。

要之助と清兵衛は表門につづく長屋に入り、しばらく屋敷から出ることはできなかった。

とはいってもとくにやることはない。

暇を持て余す清兵衛がぼやくように言う。

「いつ町に出かけられるんでしょうね」

「黒部さんのお指図次第だ。それまで待てと言われているからな。それにしても江戸はでかいな。品川に入ったときにはここが江戸か、美園城下とあまり変わらねえと思ったが、大木戸を過ぎてからはずっと町屋がつづくじゃねえか。おまけに日本橋の通りに入ったらおったまげだ。大きな店があった。それもいろんな品物を売っている。町の娘たちも垢抜けて見えたが、商家の奉公人たちも職人も、国許とは違って見えた」

「まったくでございます。わたしは目をまるくしてきょろきょろしましたよ」

「話には聞いちゃいたが、江戸はやっぱり都会だな」

「大名屋敷もいっぱいあります。すぐ近くにある江戸城も相当な縄張りです」

「たしかに将軍様のお城は違う。天守はねえが、角櫓が立派だ」

「どうぞ……」

清兵衛が茶を淹れてくれた。長屋には簡易な台所があり、そこで煮炊きできるようになっていた。部屋は四畳半一間だ。

要之助と清兵衛は目付配下の者だから、他に同居人はいないが、徒衆になると一部屋に四人が詰め込まれていた。家老や徒頭などの重臣は、藩主の住む御殿そばに別の長屋が設けられていた。そちらは二間から四間ほどあった。

屋敷内は静かでかしましい蟬の声ぐらいしか聞こえてこない。

「殿は今日、お城におあがりになりましたね」

清兵衛が茶を飲んで言う。その朝、藤田家の家臣は江戸城大手門前まで、氏鉄の供をした。氏鉄が将軍家慶に江戸帰着の挨拶をするためだった。

「公方様はどんな顔をしているんだろうな」

「さあ、どうなんでしょうね。わたしは殿の顔さえ満足に見ていませんので、将軍様となればなおのことです」

「それにしても毎日、この長屋で暇つぶしをするのかな」

「そのうちなにか下知があるでしょう」

そんな話をしているときに、屋敷中間がやってきて、黒部忠五郎が呼んでいると言われた。

早速二人は表御殿の玄関から次之間に入った。そこが忠五郎の政務室のようだが、他の重臣の顔もあった。藩主とその家族は奥御殿に居住しており、その姿を見ることはない。

「今日、殿はお上にご挨拶を終えられた。これより一年、江戸での暮らしがはじまる」

要之助は忠五郎の顔を見ながら、もう暮らしていますよと言いたくなるが黙っている。

「そなたらは在府中は勤番の者たちに目を光らせなければならぬ。将軍家お膝許においても粗相があってはならぬから、そう心得おいてもらう。また、家臣の者たちは外出をする。その際にも仔細があってはならぬので、ときに見廻りもやってもらう」

要之助と清兵衛はいちいちうなずいて、忠五郎の話を聞く。

「なにかわからぬことがあったら、遠慮なくわたしに聞きに来ればよい」

「普段は長屋に詰めているだけでよいのでしょうか？」

要之助は問うた。

「番割が決まるまで、とりわけ用はない。用があればその都度申しつける」

「外出をしてもよいのでございますか？」

「とくに用がなければかまわぬが、羽目を外すようなことをしてはならぬ」

要之助は心中で「やったぞ」と、つぶやいた。

「おい清兵衛、用を言いつけられないかぎり、おれたちは自由ってことだ。そうだな。そういう話だったな」

「たしかに……」

「だったら明日にでも江戸見物に出かけるか」

要之助は長屋に戻りながら日の落ちかかった空を眺めた。蝉の声が広がっており、鳶が舞っていた。

「楽しみでございます」

その夜、要之助は床に就いてから、日坂宿でいっしょになったおゆきたちのことを考えた。おゆきは自分たちの屋敷に近いところに実家があると言った。その場所も詳しく教えてもらっている。

それに江戸の案内もしてくれるとおゆきは言っていた。

(明日はおゆきを訪ねてみるか……)

おゆきの父親がどうなったかも気になっている。江戸を案内してもらう前に会う

七

べきだ。そう考えた要之助は、

「清兵衛、おれは一度おゆきを訪ねることにする。あの女の父親のことも心配だからな」

と、翌朝、清兵衛に言った。

「わたしも気になっていたんです。いっしょにまいりましょうか……」

清兵衛は少し考えてから答えた。

「二人で行くのは少し大袈裟な気もする。相手も気を遣うだろう。まずはおれが様子を見に行ってこよう」

藩邸を出た要之助はお堀に架かる常盤橋をわたり、駿河町に出た。まず、そこで驚いた。越後屋の店構えだ。暖簾がずらっと垂れ下がっている。間口は一町はありそうだ。呉服屋だけでなく、通りを隔てたところには綿店もある。

看板に「現銀安売無掛値」という字が躍っている。暖簾越しに店のなかをのぞき、そのまま歩を進め、通町に出たが、なにせ右も左もわからぬ田舎者だ。

おゆきの店は本銀町三丁目の薬種問屋大和屋である。教えてもらったことを書き付けてはいるが、どちらへ行けばよいかわからない。

近くの店の者に訊ねると、このまま北のほうに行けば橋がある。その橋のそばで聞けばすぐにわかるはずだと教えられる。

歩きながら道の両側にある店を眺める。いろんな種類の商家があり、暖簾も緑や青や紫などと色とりどりである。

いかにも金がありそうな絽の着物に麻の羽織をつけた商人がいる。花柄模様の浴衣を着た町娘もいれば、大きな相撲取りも歩いている。道具箱を担いだ職人が路地に消え、その路地から前垂れをつけたおかみが出てくる。

野良犬もいれば、天水桶の上で寝ている猫もいる。要之助と同じ勤番侍らしき者たちの姿もあった。往来は人で溢れていると言ってもおかしくなかった。

まっすぐ歩いていると橋があった。今川橋だ。その近くの茶屋で大和屋という薬種屋を聞くとすぐそこだと指をさして教えられた。

なかなか立派な店構えである。暖簾をくぐって店に入ると、帳場にいた番頭以下の小僧たちがいらしゃいませと迎えてくれた。と、そのとき土間奥からあらわれた男がいた。

「これは夏目様……」

直吉だった。

「おお、元気だったか。江戸に着いてすぐ訪ねてこようと思ったんだが、いろいろあってな。それでおゆきの親父さんはどうなった？」

「お陰様でなんともありませんでした。元気にしておられます。番頭さん」

直吉は帳場に座っている男に声をかけ、要之助を紹介した。そばにいた千代もお世話になったそうでと丁寧に頭を下げる。

「いやいや、たいしたことはしちゃいねえんだ。そうかい親父さんは無事だったか。そりゃ何よりだ。それでおゆきはどうしている。元気か？」

要之助が上がり框に腰掛けて聞くと、直吉は伝えてくると言って奥に消えた。小僧がすぐに茶を運んできた。その茶に口をつける前に、直吉が戻ってきて、こちらへどうぞと奥の座敷に案内してくれた。

「夏目様……」

おゆきは要之助を見るなり、きらきらと光る瞳を向けて頰をゆるませた。

「親父さん、無事だったらしいな。よかったじゃねえか」

「ええ、心配していたのですけど、帰ってきたら元気にはたらいているんです。たしかに倒れたらしいのですが、大騒ぎするほどのことはなかったのです。お医者の診立ても心配はいらないということでした」

「それじゃ気苦労しただけか。それはそれでよかったじゃねえか」

「ええ、まったくでございます。でも、その節はいろいろとお世話いただきありがとうございました。あらためてお礼申しあげます」

「なになに、かたいことは抜きよ。しかし、立派な店じゃねえか。直吉がお嬢さんと言うだけある。なるほどな」

要之助は座敷を見まわす。畳は新しく藺草（いぐさ）の香りがするし、床の間には掛け軸と花が飾ってある。縁側から吹き込む風が、軒先の風鈴をチリンと鳴らす。

「直吉さん、なにをぼうっとしているの。夏目様にお茶を……」

言われた直吉は「あ、はい」と返事をして席を立った。

「まったく気が利くようで利かない手代だから」

おゆきは小言を漏らして、要之助に顔を向ける。

「それで、江戸の町は歩かれましたか？」

「いやいや殿の屋敷に着いてからは籠（かご）のなかの鳥でな。暇をつぶすのに苦労していたよ。それにしても江戸はやっぱり大きいな。目がまわりそうなくらい店があり、それもいろいろだ。人も多ければ、犬まで多い。油断してると迷子になりそうだ」

おゆきはくすくすと笑う。

「まずは江戸に慣れるところからはじめなきゃならねえな。まったく田舎侍だからな」

「すぐに慣れますわよ。あ、直吉さん、茶請けも持ってきてくれたのね」

直吉が茶を運んできて要之助のそばに置いた。羊羹が添えられていた。

「気なんか遣わなくていいのに。ま、せっかくだから」

要之助は茶に口をつける。ついでに羊羹もつまむ。

「直吉さん、もういいわ。あなた仕事があるでしょう」

おゆきに言われた直吉はそれまで浮かべていた笑みを消し、要之助にゆっくりしていらしてくださいと頭を下げて出ていった。

「直吉はなかなか気の利く男のようだな」

「そうならよいのですけど、でも悪い人ではないのはたしかです」

おゆきは褒めているのかそうでないのかわからないことを口にする。

「半助も元気なんだろうね」

「相も変わらずです。でも、わたしは店のことにはなにも言えないので、そっと見ているだけですけど……」

おゆきはなんだか浮かぬ顔をする。

「おゆき、忙しいなら無理なことは言えねえが、江戸を案内してくれねえか。おれは徒目付なんでいつまでも不案内じゃ按配がよくないんだ」

「案内でしたらいつでも大丈夫です。でも、夏目様はお忙しいのでは……」

「なに、お忙しくないときにお願いするんだよ」

　要之助が笑って言えば、

「それならお安いご用ですわ」

と、おゆきも笑みを返した。

第五章　惚れたのは悩める乙女いかがする

一

　要之助が帰っていき、ひとりになったおゆきは、縁側にぼんやりと座り、ふうと、小さなため息を漏らした。

　伊勢参りに行ったのはよかったが、父勘兵衛が倒れたという知らせを受け、気が気でない帰り旅をしてきたが、それは気苦労で終わった。

　医者の診立てでは疲れがたまっていたのだろうということだった。たしかに父親ははたらき蜂同然であるし、気苦労も絶えない。おそらく倒れたのは過労と気疲れのためだったのだと、おゆきも察することができた。

だ。

しかし、父勘兵衛の気苦労をおゆきも薄々知っていた。それは次男勘次郎のことだ。

いずれ店を継ぐ長男の勘太郎のことは心配ないが、勘次郎には問題があった。

「わかっている。おまえがうるさく言うことはない。わたしは栄屋のためにはたらいているだけだ。いらぬ口出しは迷惑だ」

おゆきが伊勢参りに行く前、勘次郎に忠告した際、投げつけられた言葉だった。

しかし、江戸に帰ってくると、無事だった父のことより勘次郎のことにまた頭を痛めることになった。

勘次郎は十五のときに三河町二丁目の味噌麹屋栄屋に奉公に出、二十歳で手代になった。それから一年後に栄屋の主新兵衛が急逝し、店は女房のおさんの手に預けられた。

ところが、そのおさんと勘次郎があやしい関係になっていることがわかった。いまや勘次郎はおさんの右腕として店の経営をまかされている。

おさんは死んだ亭主の後添いでいまは未亡人だし、勘次郎は独り身なので、二人が男と女の関係になったとしても問題はない。

ところが、勘次郎にはおよしという許嫁がいる。そのおよしのためにも、おさんとのあやしい関係をやめてほしかった。だから伊勢参りに行く前にやんわりと忠告したのだ。

おゆきはおさんと縁を切ってほしいと思っているが、そうなると勘次郎はせっかくつかんだ店での地位と仕事をなくし、路頭に迷うことになる。

だからといって、このままではよくない。おさんは後家花を咲かせている女だ。三十四という大年増で、若い勘次郎とはひとまわりの年の差がある。

この悩ましい相談を持ち込んだのは、勘次郎の許嫁およしだった。

おゆきは二人の手を切らせておよしと添えるようにすると言ったのだが、江戸に戻ってきたら、

「おゆきさん、もうわたしどうしたらよいかわかりません」

と、およしが泣きそうな顔で訴えてきた。

「どういうこと？　なにかあったの？」

「おさんさんは店から手を引き、一切のことを勘次郎さんにまかされました」

おゆきは目をしばたたいておよしを眺めた。

「兄さんが栄屋の主人になったというの？」

およしはそうではないと首を横に振った。

「おさんさんは、栄屋から出て独り住まいをされたんです。店のことには口を出さないということです。でも、売上げ金はおさんさんが差配されています。そう聞きました」

「まあ、他人に店をまかせても店の権利はおさんさんにあるならしかたないわね」

「でも、そのおさんさんに悪い男の人がついているのです。やくざのような人です」

「その人がどうかしたの……」

「その人が勘次郎さんを脅したらしいんです。いい加減なことをしてると命がないと」

「なぜ、そんなことを」

「わかりません。でも、人を殺しそうな人なんです」

「なんという人？」

「わたしは何をやっている人か知りませんけど、辰蔵という名前です」

「兄さんが脅されたというのは誰に聞いたの？」

「勘次郎さんです」


そんなやり取りをしたのが、一昨日のことだった。あかるい人柄の夏目要之助が訪ねてきてくれたことで、その悩みをいっとき忘れていたが、ひとりになるとまた思いだしてしまった。

（どうしよう）

おゆきは暮れゆく空を眺めた。

兄勘次郎の恥をさらすようなことは両親に相談できないし、もし父親に打ちあければ、辰蔵という男のもとに行き揉め事になるかもしれない。母親は気の小さい人なので、気に病んで寝込んでしまうかもしれない。

おゆきはちりんちりんと夕風を受けて鳴る風鈴を眺め、すっくと立ちあがった。

まずは兄勘次郎から話を聞くべきだと思ったのだ。

栄屋は三河町二丁目にある。大和屋からさほど遠い場所ではない。夕暮れの鎌倉河岸を歩き、鎌倉町の西外れを右に折れると、その先に栄屋がある。

栄屋は表店だが、さほど間口は広くない。暖簾が暮れなずむ夕日を受けていた。

「こんにちは」

おゆきは暖簾をくぐって店に入った。帳場に座っていた勘次郎が顔をあげて、相好を崩した。

「おお、おゆきか。こんな時分にどうした。なにか用か？」

おゆきは帳場の前に行って店の奥を見た。使用人の小僧も女中の姿もなかった。

「ちょっと大事な話があるの。少しいいかしら」

おゆきは勘次郎に真顔を向けた。

「どんな話だい？」

「およしちゃんとおさんさんのこと……」

勘次郎の顔がにわかにこわばった。そのとき佐平（さへい）という手代が奥の土間からあらわれ、おゆきに気づいて挨拶（あいさつ）をした。

「それなら表で聞こう」

勘次郎は佐平にすぐ戻ると言って、おゆきを店の表に促した。

二

店の軒下の腰掛けに並んで座ると、

「お伊勢参りはどうだった？　直吉と半助が供をしているので、心配はいらないとおとっつぁんから聞いていたが……」

勘次郎は少し頬をゆるめて見てきた。

「いい旅だったわ。お伊勢様にお参りできてよかった。でも、いろいろあったわ」

「どんなことだい？」

「半助がお腹を壊したり、直吉が足を挫いたり、おとっつぁんが倒れたという知らせを受けた矢先に、大井川の川留めにあったり……。でも、そんなことより、およしちゃんのことはどうするの？」

おゆきが真顔を向けると、勘次郎は目をそらした。

「兄さん、いまはこの店をまかされて番頭気取りでしょうが、おさんさんのお店だってことに変わりはないのでしょう」

「そりゃまあそうだけど……」

「およしちゃんに聞いたわ。兄さんがおさんさんといい仲になっているらしいって……兄さんが店をまかされたのも、おさんさんが兄さんのことを気に入っているからだと」

「いい仲ってどういうことだい。わたしはおかみさんに頼まれて店を預かっているだけだ。変な勘繰りはやめてほしいな」

勘次郎は表情をかたくした。

「辰蔵さんという人がいるらしいわね」

勘次郎はそむけていた顔をおゆきに向けた。

「なんだかやくざみたいな人で、兄さんを脅していると……」

おゆきは勘次郎をまっすぐ見る。

「それは……」

「なに？」

「辰蔵さんは性悪な人だ。おかみさんに近づいて栄屋を乗っ取ろうと考えている。それでわたしが邪魔なんだ。だけど、おかみさんはあくまでも、わたしにまかせるとおっしゃってる」

「その辰蔵さんに、どう脅されているの？」

「そんなことはおまえには言えない。わたしとおかみさんのことだ。店はわたしが守らなければならないんだ。わたしはおかみさんにそう約束しているのだから」

「辰蔵という人のことはどうするの？」

「わたしは脅しには負けない。いざとなったら訴えるつもりだ。わたしはなにも悪いことはしていないのだから」

おゆきはじっと勘次郎を見つめた。妹の前だから勘次郎は強気なことを言うが、気の弱い男だ。辰蔵がどんな男だかわからないが、強く脅されたら勘次郎はあっさり屈服するだろう。

「大丈夫なのね」

「心配はいらない」

「およしちゃんのことはどうするの？　あの子、兄さんのことを心配しているのよ」

「おゆき」

勘次郎は少し憤った顔をおゆきに向けた。

「いい加減にしてくれないか。余計なお世話だ。わたしは店を切りまわすのに忙しいのだ。わたしとおよしのことに口を挟まないでおくれ。わたしはわたしだ」

強く言われると、おゆきも黙るしかない。

「そう、だったらなにも言いません」

「おまえが心配することはなにもないんだ」

勘次郎はそう言って店に戻った。

おゆきは夕靄の訪れた町を眺め、そして小さく嘆息して立ちあがり、

（余計なお世話か……）

と、内心でつぶやいた。

店に戻った勘次郎は仕事が手につかなくなった。おゆきに余計なことを言われたからだ。

帳付け仕事を中断すると、小僧の幸助に表戸を閉めるように言いつけた。

「番頭さん、夕餉は茶の間に用意したので、わたしはこれで失礼します」

通い女中のお竹がそう告げた。勘次郎はいつしか番頭と呼ばれるようになっていた。

「ああ、明日も頼みます」

勘次郎はお竹に応じたあとで、佐平にちょっと出てくると言って店を出た。

すでに町は夜の帳に包まれていた。提灯を手に歩く勘次郎の心にはさざ波が立っていた。それも、おゆきに言われたように辰蔵に脅されているからだ。しかし、それは理不尽なことだった。

勘次郎はおさんに、店のことはまかせるとはっきり言われている。

それなのに、辰蔵は、

――おめえはおさんが女主だからと嘗め、いい気になって店を切りまわしているが、おめえは所詮雇われの奉公人だ。おめえのいいようにはさせねえ。もし、ケチのつくようなことをやったらただじゃおかねえ。

蛇のように冷たい目でにらまれた勘次郎は、なにも言い返すことができなかった。

しかし、なぜ辰蔵がそんなことを言うのか納得できなかった。

勘次郎は脅されたことを、うっかりおよしにしゃべったのがまずかったと歩きながら考えた。おゆきがお節介を焼きにきたのは、およしがおゆきに相談したからだ。

およしにも話をしなければならないが、まずはおさんに会って、どうして辰蔵が自分に理不尽なことを言ったのか問い質さなければならない。

おさんは勘次郎に店をまかせたあとで、佐柄木町に小さな家を借りて独り暮らしをしている。それは、おさんと勘次郎ののっぴきならない関係を、奉公人をはじめとした近所の者に知られないためだった。

勘次郎がおさんに言い寄られて変な関係になったのは、おさんの亭主が死んで間もなくのことだった。勘次郎にはその気はなかったのだが、熟れ切ったおさんの体にのしかかられ、その流れのまま男と女になった。

おさんは三十過ぎとはいえ、容色の衰えはなく、子供を産んでいないのでその肉体は熟していた。若い勘次郎の精力はありあまっている。

互いに味をしめた二人の歯止めが利かなくなるのに時間は要しなかった。しかし、同じ屋根の下に住んでいれば、奉公人たちの耳目がある。二人だけの秘め事がいつ知れるかわからない。

おさんはそのことを警戒して独り住まいをするようになった。

そのおさんの家の近くまで来たとき、前から歩いてくる男の顔が居酒屋の提灯のあかりに浮かんだ。辰蔵だった。

勘次郎ははっと顔をこわばらせ、道の端に寄り提灯を背後にまわした。辰蔵は気づかずに脇の路地に入っていった。おさんの家のある路地だ。

勘次郎は提灯の火を消すと、あとを尾けるように路地の角からのぞき見た。辰蔵が訪ねていったのはおさんの家だった。

三

江戸に来て半月がたった。

その間、要之助はとくにやることはなかった。これは他の者たちも同じで、仕事といったら屋敷に詰めているだけだった。泰平の世なので戦などないのに、いざことが起きたときに備えて屋敷で待機するのだ。

屋敷には馬場や矢場、そして剣術の稽古ができる広場があった。体をなまらせてはならぬので、家臣のなかには剣術の稽古に励んだり、乗馬や弓の稽古をしたりと熱心な者もいるが、そのほとんどは武芸に秀でた体力のある馬廻り衆だった。

要之助と清兵衛は屋敷内を見廻ることもあるが、不穏な出来事などないので気軽な散歩と同じだった。

毎日これといってやることはなく、おおむね七つ（午後四時）過ぎになると近所の町に出かけ、夕餉や翌朝の食事の買い出しをしたり、安居酒屋を見つけて通ったりする。

外出に厳しい規制はなく、夕刻になると出かける者が多かった。ただし、所在不明になるといけないので、外出をする際は同じ組衆に声がけをするか、組頭にその旨を届けなければならない。

目付配下の要之助と清兵衛は、黒部忠五郎か江戸付きの目付に断りを入れなければならないので、他の勤番侍のように自由が利かなかった。

そんなある日、要之助と清兵衛は忠五郎に呼ばれた。

「今日は下屋敷と抱屋敷を見に行く」

「これからでございますか？」

要之助が問えば、忠五郎はそうだと答え、言葉を足した。

「おぬしらもその場所を知っておかねばならぬからな」

早速支度を調えた要之助と清兵衛は、忠五郎に従って常盤橋御門内にある屋敷を出た。

草履取りの中間と若党合わせて五人が供についた。

「江戸のことを仲間からいろいろ聞いているであろう」

忠五郎が歩きながら話しかけてくる。

「まあ、聞いています」

忠五郎はどんな話だったかとは聞かなかった。おそらく推量できるからだろう。要之助たちが聞いたのは、吉原や岡場所のことだ。そんな下世話な情報はすぐに広まる。

それからどこそこの見世物小屋は気をつけろ、両国の矢場の女は手頃だとか、浅草奥山には楊枝店がありそこにも安女郎がいるなどといったことだ。

「江戸に着いてまだ日が浅いので、道にも不案内であろうな。少しずつ近所を歩いて道を覚えることだ」

「黒部さんは江戸は何度目でございます？」

要之助は忠五郎に聞く。

「わたしは此度で五度目だ」

「では、江戸には詳しいですね」

「さあ、それはどうであろうか。なにせ江戸は広いからな」

一行は日本橋に近い魚河岸の通りから小網町を抜け、行徳河岸を左に折れ、隅田川につながる箱崎川沿いの道を辿った。

その間に、忠五郎は市中で揉め事や厄介事を起こせば、町奉行所の与力・同心の詮議を受けるので気をつけろとか、諸国大名家の江戸勤番は少なくないので喧嘩口論は御法度だなどと忠告した。

そんな話を聞きながら箱崎町にある下屋敷に到着した。ここは藩主の別邸として使われる他、国許から届く荷物を保管する蔵などがあった。

屋敷は三千五百坪ほどなので、上屋敷とほぼ同等の広さだ。ここにも勤番が詰めているので、表門の両側に長屋があった。

ざっと屋敷内の見廻りと称して見物を終えると、新大橋をわたって深川に入った。

要之助は歩きながらまわりの景色や町屋の商家を眺める。日本橋ほどではないが、やはり家が多い。それに寺が多いことに気づく。

蟬の声がかしましく、夏の日が容赦なく照りつけてくるので、要之助たちは汗をかいていた。羽織の背中がその汗で黒くなっている。

町屋を右へ左へと曲がりながら小名木川沿いの河岸道に出た。もう要之助にはどっちが東でどっちが西かわからなくなった。

「この川は権現様が江戸に入られて間もなくお造りになった川だ。それはこの川の先にある行徳という地から塩を運ぶためであった」

「そこは塩造りが盛んなので……」

「さようだ。さあ、もうすぐだ」

抱屋敷は小名木川の左岸にあった。近所に諸国大名家の下屋敷や中屋敷が並んでいる場所で、対岸は深川猿江町（さるえちょう）という町屋だった。

抱屋敷は藤田家が自前で購入した土地に建てた屋敷で、火事や地震などで上屋敷や下屋敷が倒壊した際の避難場所に使われる他、拝領屋敷である上・下屋敷に収容できない藩士たちを住まわせるために使われている。

当然、ここにも長屋があり、江戸勤番の家来たちが住んでいた。忠五郎の到着を知った藩士らは、相手が目付なので気を使い、また自分たちは怠けてはいないという体面を繕った。

しかし、忠五郎は長居はせずに抱屋敷をあとにした。帰りは小名木川沿いの道から、北へ進み竪川の河岸道を辿った。忠五郎は歩きながらこの川の突きあたりは隅田川で、その北に東両国があると説明する。

要之助は菅笠の陰になっている目をきょろきょろさせて町の様子を眺めるのに忙しい。どこへ行っても町屋があり、商家が多い。往来を行き来する人の数も、美園城下とは大違いである。

「ここが東両国だ。大橋（両国橋）をわたればもっと大きな盛り場がある」

忠五郎に教えられるまでもなく、要之助はその雑踏に圧倒された。大道芸人がいれば見世物小屋がある。手妻師も講釈師もいるし、周囲の店から呼び込みの声がひっきりなしにあがっている。

「もう両国には来たか？」

忠五郎に聞かれる要之助は目をまるくして首を横に振る。それを見た忠五郎が愉快そうな笑みを浮かべた。

長さ九十六間（約百七十二メートル）の橋をわたると、そこが両国広小路だ。芝居小屋もあれば矢場もある。髪結床に茶屋、飴売りがいてとんぼを切る軽業師、薬売りに講釈師、占い師がいて玉子を売っている者や鰻の蒲焼きの屋台。あちこちから太鼓の音や歓声が聞こえてくる。

人でごった返す広小路には、侍に僧侶（そうりょ）、町娘に職人。見るからに浪人らしき男や、相撲取りもいる。油断していると人とぶつかりそうになる。

上屋敷に戻ったのは、日の暮れ前だった。

「少し江戸の町を歩いて道を覚えるのだ」

別れ際に忠五郎に言われた要之助と清兵衛は顔を見合わせて、白い歯をこぼした。外出の許しが出たのである。

四

翌日の昼過ぎに要之助は清兵衛より先に屋敷を出た。近所の道は大まかにわかったが、少し遠出をしようと考えた。だが、その前に気になっているおゆきの許を訪ねることにした。

「夏目様でございますか。いやいや、うちの娘がお世話になったそうで、その節はありがとうございました。ささ、どうぞおかけください」

大和屋を訪ねるなり、おゆきの父勘兵衛が要之助と知り、平身低頭で迎えてくれた。

「いやいや、ゆっくりはできねえのだ。ちょいとおゆきに頼みごとがあってな」

「頼みごとでございますか？」

勘兵衛は目をしばたたき、それからまた相好を崩して、近くにいた小僧に、

「夏目様がおいでだ。おゆきにそう伝えてくれ」

そう言ったあとで、茶を持ってくるように言いつけもした。帳場の背後には大きな薬簞笥があり、そばの座敷にも紙に包まれた薬がいくつも置かれていた。薬種屋らしく薬研や擂り鉢も帳場横の小部屋に見える。

勘兵衛は頭髪の薄い五十過ぎの男で、血色のよい肌をしていた。

「体はすっかりいいのかい？　おゆきは旅先でずいぶん心配していたが……」

「うちの女房が慌て者なんです。倒れたのは倒れたのですが、医者の診立てでは疲れだろうということでした。たしかにわたしは休みも取らずにはたらき詰めでしたから、無理がたたったのでしょう。でも、このとおりぴんぴんしています」

勘兵衛はそう言ってハハハと笑う。

そこへさっきの小僧がやってきて、奥の座敷へどうぞと案内した。女は店には出ないことになっているらしい。先日通された座敷に行くと、おゆきがにこにこした顔を向けてきた。

「よお、久しぶりだな。もっと早く来たかったんだが、屋敷からなかなか出られなくてな」

「お勤めは大変でしょうからお察しします」

「まあ、仕事はさほど忙しくないんだが、おれは役目柄かなかなか自由がきかねえんだ。だけど、上役からお許しが出てな。それでおゆきに江戸の案内をお願いしようと思って来たんだが、忙しいかい？」

「いいえ、わたしは暇な身ですからお気になさらずに」

「そうかい。じつは昨日両国を通ったんだが、いやはや人が多いねえ。驚いちまった。笛や太鼓の音がすれば、呼び込みの声がうるさい。物売りが寄ってくるし、南京玉簾（なんきんたますだれ）とやらを振りまわしながら歌っているやつもいた。芝居小屋もあったな。国許にはあんな盛り場なんてないから、馬鹿みたいに口をぽかんと開けていたよ」

　おゆきはくすくす笑う。

「それで浅草に連れて行ってくれねえか。浅草寺（せんそうじ）にはまた賑（にぎ）やかなところがあるらしいじゃねえか」

「奥山のことですね」

「そうそう奥山だと聞いた。そこだ、そこ」

「わたし夕方には戻らなければなりませんけれど、浅草でしたらすぐですわ」

「それじゃ頼まれてくれるか」

おゆきは二つ返事をして表で待っていてくれと言った。

要之助は表に出たが、待つほどもなくおゆきがやってきた。涼しげな麻の着物に替えていた。足袋は穿かずに素足に雪駄だ。

「それじゃまいりましょう」

要之助はおゆきと並んで歩く。清兵衛はどうしたとおゆきが聞くので、

「あいつも江戸見物をしているはずだ。上役にまずは江戸の道を覚えろと言われているからな」

と答えて、言葉をついだ。

「親父さん元気そうでよかったな。顔色もいいし、あれじゃ長生きできるよ」

「長生きしてもらわないと困ります」

「ま、そうだな。それにしても江戸には伊勢屋が多いね。あっちの店もこっちの店も伊勢屋だ。人も多いが、おまけみたいに犬の糞まで多い」

おゆきはまたくすくす笑う。

要之助は歩きながらおゆきの兄弟のことを聞いた。跡継ぎの長男が主の勘兵衛の

手伝いをしながらはたらいていて、次男は味噌麴屋に奉公に出て、いまは番頭格になっていると話す。

「若いのに番頭かい。そりゃ出世じゃねえか」

「それはどうかわからないんです。真面目にはたらいているみたいですけど……」

そのときだけおゆきの顔が少し曇った。

「真面目にはたらいてりゃ文句はねえだろう」

「まあ、そうですね」

おゆきはそう答えたあとで、長男の勘太郎は父親に似てしっかり者でよくはたらくが、次男は母親に似て気の小さいところがあり人に騙されやすいと言う。

「わたしは末娘ですけど、気弱なおっかさんと仕事一途のおとっつぁんを見て育ったせいか、少しお転婆なんです」

「へえ、おゆきがお転婆……そうは見えねえがな」

要之助が驚いたようにおゆきをあらためて見ると、ぽっと頰を赤くした。

「自分で言うのもなんですけど、見かけによらず、わたしは気が強いんです。だから嫁入り先のお婿さんはもっと気の強い人でないとだめだと、おっかさんに言われます」

「そんな話があるのか？」

「さあ、どうでしょう……」

おゆきは言葉を濁した。

「まあおまえさんの器量なら、もらい手は掃いて捨てるほどいるだろうからな」

そう言う要之助は少し寂しくなった。もっともおゆきをどうこうしようという気はないのではあるが、知り合って間もないのに嫁に行かれると、やはり心寂しいものがある。

要之助は歩きながら妹の鈴のことを話した。藩校に通っていることやこの頃ませてきたことなどだ。そして、母親は父親が亡くなってから急に口うるさくなったと話した。

「お父様はおいくつで……？」

「まだ若かった。四十六だ。しっかり者の親父で検見奉行に出世しちまったもんだから、母親はその父を見習えとうるさくてかなわねえ」

「でも楽しそうなおうちですね。夏目様は気さくで面白いし……」

「おれが面白いかい？」

「はい、とても楽しい人です。それに頼もしい」

「うへへ、そりゃあ買い被りだ」

そう応じながらも要之助の顔はだらしなくゆるむ。

浅草寺に入ると、本堂に参拝をして奥山に足を運んだ。ここも両国広小路に似たような見世物や芝居小屋や矢場があった。大道芸人もいるしいろんな屋台店もある。

「まるで祭りだな。江戸はどこへ行っても祭りみたいだ」

要之助は団子屋の床几に座って、奥山の人混みを眺めながらつくづくそう思う。

「そう言われるとそうかもしれませんね。でも、神田祭や山王祭、深川祭という大きな祭りがあります」

おゆきはそのことを少し説明した。山王祭は子・寅・辰・午・申・戌の隔年で神田祭と交互に行われ、深川祭の本祭りは三年に一度だという。山車や練り物が見事なので、祭り当日は江戸中が沸き立つらしい。

「そりゃあおれも見物したいもんだ」

浅草寺を出ると大川沿いの道を辿って両国へ足を向けたが、柳橋のそばまで来たとき、

「夏目様にご相談したいことがあります」

と、おゆきが真顔を向けてきた。

「……どんなことだい？」

「じつはすぐ上の兄のことで、少し悩んでいるんです」

五

自分で役に立てればいいがと、要之助はおゆきの話を聞くことにした。

それは少し長い話になったが、要之助はこのときばかりは真剣な顔で耳を傾けた。

日差しは少し弱くなり、茶屋の葦簀（よしず）に張りついた蟬がけたたましく鳴き、そしてどこかへ飛んでいった。

「勘次郎が脅されるようなことはないだろう」

要之助は話を聞き終わってからおゆきを見た。

「わたしもそう思うのですけれど、おさんさんに辰蔵という人が取り入っているらしいのです」

「取り入っているというのはどういうことだ？」

おゆきは少し躊躇（ためら）ったあとで、

「おさんさんと辰蔵さんがいい仲になっているようなんです。その辰蔵さんは、兄

さんがまかされている栄屋を、自分のものにするつもりではないかと勘繰っている
ようなんです」
「だけど、勘次郎はおさんという主にまかされているんだろう。それは信用がある
からではねえのか」
「だと思うのです。でも、この話は兄さんの許嫁になっているおよしちゃんからの
話で、わたしが調べたわけではないのです」
「そのおよしはなんと言ってるんだ？」
「じつは兄さんとおさんさんが、いい仲になっているのではないかと疑っているん
です。およしちゃんが言うには、兄さんがときどきおさんさんの家を訪ね、夜遅く
まで店に帰らないことが、これまで何度かあったらしく、それで二人の仲があやし
いと……」
「おさんは辰蔵という男とできてるんじゃないのか」
「たしかなことはわからないんですけど、辰蔵という人は掛取屋で博奕打ちらしく、
柄のよくない人です。わたしは兄さんに疑われるようなことはしないでほしいと言
ったんですけど……」
「それで勘次郎はなにか言ったのか？」

「余計なお世話だと言われました」

「ふむ。おゆきの親はこのことを知っているのか？」

「誰も知りません。知っているのはわたしとおよしちゃんだけです。親に言えばきっと大袈裟なことになります。おっかさんは気が小さい人だから、町役や町の親分に相談するかもしれません。そうなると話が大きくなりすぎる気がするんです」

「町の親分というのは誰だ？」

「岡っ引きです。御用聞きとも言いますけど」

「しかし、一番気にしているのはそのおよしっていう子なんだな」

「およしちゃんは兄さんへ一途な思いがありますから」

「つまり、およしは勘次郎がおさんとただならぬ仲だと思った。だから二人のことを調べたら疑いを強くした。そこへ、辰蔵という男があらわれ、勘次郎を脅したと。そういうことだな」

「さようです」

要之助は夕焼けに染まった空を東の間眺めた。店の軒に吊してある風鈴が夕風を受けて小さく鳴った。

「すると仔細があるのはその辰蔵って男か……」

「わたしはどういう了見で兄さんを脅すんだと文句を言おうと考えていたんですけど、余計なお世話だと兄さんに言われたんで黙っているんです。でも、ほんとうに兄さんが殺されるようなことがあったら、それこそ手遅れになります」

「そりゃそうだ。だが、じつのところはどうなんだろう。おゆきの兄さんと、栄屋の女主のおさんができていたとしたら面倒なことだな。そして、おさんと辰蔵が深い仲になっていたら、ややこしい話になる」

「…………」

「だけどよ。およしは疑っているだけなんだろう」

「でも兄さんが脅されたのはほんとうなんです。そのことをおよしちゃんは兄さんから聞いてるんです」

「そうか……。およしは脅された勘次郎のことが心配だし、少しは嫉妬もあるのかもしれんな」

「わたしも兄さんのことは心配です」

「おゆき」

　要之助は体ごとおゆきを見た。夕日がおゆきの白い頬を染めていた。

「はい」

「話はわかった。まずはおよしの疑っていることがほんとうであるかどうかを調べるべきだ。それから辰蔵がなにを考えて、勘次郎を脅したかということを知るべきだろう」

「夏目様が調べてくださるということでしょうか……」

　おゆきは遠慮がちな目を向けてくる。

「そこまで聞いて知らぬふりはできねえだろう」

「わたし、余計なことを言ったのかもしれませんね」

「気にすることはない。勘次郎にもしものことがあったら、それこそ大変だ。そうではないか」

　おゆきは「はい」と、うなずく。

「よし、まずは栄屋とおさんの家を教えてくれねえか。それとも日が暮れないうちに帰らなきゃならねえか」

「いえ、まだ大丈夫です」

　おゆきは夕日を眺めて答えた。

　それからすぐに茶屋をあとにして、要之助はおゆきの案内で栄屋とおさんの家を教えてもらった。

「今日は店とおさんの家がわかっただけでいいだろう。明日には少し探りを入れて調べてみる。わかったらおまえさんの家を訪ねる」

「迷惑な相談をしたかもしれませんけれど、よろしくお願いいたします」

六

「命がないと、そう脅されているのですか」

藩邸の長屋に戻った要之助が、おゆきから受けた相談の話をすると、清兵衛は少し驚き顔をした。

「そうらしい。まさか殺されたりはしないだろうが、なんとかしてやろうと思ってな」

「それは気になりますね。おゆきの兄さんにもしものことがあったら大変ですからね。おゆきも気が気でないんでしょう」

「しかし、おゆきは可愛い顔して肝の据わったところがある。いざとなったら辰蔵に会って、どういう了見で兄さんを脅すんだと文句を言うつもりだったらしい」

「兄思いだからでしょう。されど、江戸には性悪な者が多いと聞きました。今日は江戸目付の宮田さんに京橋から愛宕山や増上寺に連れて行ってもらったんですけど、そのときに話が出たんです」

「どんなことだい」

　要之助は買い置きの酒徳利を引き寄せ、湯呑みについだ。

「江戸には在からいろんな者が入ってくる。とくに質の悪いのが流れの博徒と浪人らしいんです。その者たちは食うに困っているので、金次第で人殺しを請け負うといいます」

「金で人を殺すってぇのか」

「それから金目あてに商家に押し入る盗人も少なくないそうで。押し入った店の者を皆殺しにしたり、逃げるときに火をつけたりと、そんなあくどいことをやるやつがいるそうなんです。町奉行所や火付盗賊改方はそんな悪党に振りまわされていると言います」

「物騒な話だな」

「辰蔵がどんな男だか知りませんが、勘次郎は気をつけたほうがよいでしょう」

「まあ、そうだろうが、どうしたものかと考えているんだ」

　要之助は酒を嘗めるように飲む。

「変にしゃしゃり出て混ぜっ返すのも考えものだからな。おまえだったらどうする？」

聞かれた清兵衛は少し考えてから答えた。

「おゆきは勘次郎の許嫁のおよしから話を聞いてるんですよね。おゆきは、勘次郎とおさんがどうなっているか、はっきりは知らないわけでしょう」

「まあ、そうだろう……」

要之助は煮干しをつまんで酒を飲む。

「それから辰蔵とおさんがどんな関係かも。まあ、夏目さんに聞いたことから考えると、およしの嫉妬が強いのかもしれませんね」

「勘次郎の許嫁だからな。まあ、そうかもしれねえが、勘次郎は命を取られるような脅しを受けてるんだ」

「ただの脅しかもしれませんが……およしから話を聞いたらどうでしょう」

「ふむ、それも道理だ。よし、そうするか」

翌日の昼過ぎに要之助はおゆきを訪ね、およしに会わせてくれと頼んだ。

「およしからちゃんとした話を聞きたいんだ。考えてみると、おれが聞いてる話はおゆきを介した又聞きに他ならねえ」

「……そうですね。それじゃわたしもいっしょに」

およしは本石町一丁目の金物屋沖田屋の娘だった。年はおゆきよりひとつ下の十六歳。目が大きくぽってりした唇が愛らしく、人なつこい顔をしていた。

「話はおゆきから聞いたが、勘次郎が脅されているらしいとはどういうことだい？」

沖田屋の近くにある茶屋の床几に並んで座ると、要之助は早速聞いた。

「およしちゃん、夏目様は美園藩藤田家のお目付よ。力になってくださるからちゃんと話して……」

おゆきが言葉を添えると、およしは小さくうなずいて口を開いた。

「辰蔵という人は勘次郎さんを煙たがっているんです。店から追い出したいみたいなのです。勘次郎さんからそう聞いています。それで、いい加減なことをしたら命がいくつあっても足りないとか、夜道に気をつけろと脅されたと聞きました」

「なぜ、辰蔵はそんなことを言うんだ。おかしいだろう。勘次郎は栄屋の女主おさんに店をまかされているだけだろう」

「そうなのですけど、辰蔵という人がおさんさんに取り入っているようなんです。うまくおさんさんは口説かれたか、丸め込まれているのだと思います」

「すると辰蔵は勘次郎を店から追い出して、自分が店を切りまわしたいと考えているってことか……」

「そうかもしれませんけれど、辰蔵という人はなにをするかわからない人です。掛取屋をやっているけど、賭場に出入りする博奕打ちで、やくざの顔見知りが何人もいると聞きました」

「どこで聞いたんだ?」

「辰蔵さんのことを知っている町の人です。その人は、わたしに気をつけろと言いました」

要之助は腕を組んで空を舞っている鳶を眺めた。

「辰蔵がどこに住んでいるか、知っているかい?」

およしは首を横に振った。

「勘次郎は知っているだろうか?」

「知っているかもしれませんが、わかりません」

「そうか。それじゃ一度勘次郎に会ってみるか」

要之助がそう言って立ちあがると、おゆきもいっしょに行くと言った。

「いや、ここはおれひとりのほうがいいだろう。妹がそばにいると、話せることも話せなくなるかもしれねえ。おれにも妹がいるからわかるんだ」

「そういうものですか……」

「人によりけりだろうが、そんなもんだ」

要之助はおゆきとおよしと別れると、栄屋に足を向けた。

七

栄屋に入ると、帳場に座っていた男が「いらっしゃまし」と要之助を迎えた。土間奥から小僧が出てきてぺこりと頭を下げる。

要之助は店の様子をひとしきり眺めた。間口二間半（約四・五メートル）ほどの店だから、美園城下にもある味噌麹屋とたいして変わりはなかった。帳場前の土間に味噌や麹の入った桶が並べられていた。

「何かご入り用でしょうか……」

帳場から声をかけてくるのは勘次郎だろう。どことなくおゆきに顔つきが似ている。

「番頭かい？」

要之助は聞いてみた。

「はい。店を預かっている勘次郎と申します。味噌でしょうか麴でしょうか？」

「味噌を少しもらおうか」

要之助は藩邸の長屋で使えばいいと考え、半斤（約三百グラム）の味噌を買った。小僧が丁寧に油紙に包んでくれるのを見て、要之助は勘次郎に声をかけた。

「ここに辰蔵という男が来ないか。ちょいと、そんな話を聞いたんだが……」

とたん、勘次郎の顔から笑みが消えた。

「ちょいとわけありで捜しているんだ。どうにもしようのないやつだから、会ったら灸を据えてやろうと思ってな」

そう言うと、勘次郎の顔に安堵の色が浮かんだ。おゆきが言うように気の小さい男のようだ。

「その辰蔵さんはどちらの方でしょうか？　何人か同じ名前の方がいらっしゃるんです」

「掛取屋だ。阿漕なことをやっているらしく、迷惑を蒙った町の者から相談を受けてな。あ、おれは藤田家の勤番で目付なんだ。あやしい者じゃない」

「辰蔵さんのことは存じていますが、この店にはめったに見えません」

ということは、たまに来ているということだ。

「どこへ行ったら会える。やつの家を知っているかい？」

「わたしも辰蔵さんのことはよく知らないのです」

「聞いたんだが、この店の主はおさんという女らしいな」

勘次郎は目をみはって驚き顔をした。この侍はなんでも知っているんだという顔だ。

「いまは店に見えることはありません。わたしは四、五日ごとに帳簿をあらためてもらいに行くだけです」

「するとおぬしがこの店を差配しているのか？」

「はい、まかせてもらっていますけど、あくまでもこの店はおかみさんのものです」

「そういうことか……。また、寄らせてもらおう」

要之助は小僧から味噌を受け取り店を出た。勘次郎がありがとうございますと、背後から声をかけてきた。

要之助は味噌を持ったままおさんの家に足を向けた。昨日おゆきに教えてもらったばかりなので、迷うことはなかった。おさんの家の戸口は開け放されていた。

その戸口前を通り過ぎながら三和土（たたき）にある履物を見た。女物だけで男物はない。

訪ねていっておさんに話を聞くのは、いまのところ憚りがあるので近くの茶屋の床几で見張ることにした。

夏の日差しが強いので少し歩いただけで汗が噴き出る。要之助は扇子を使いながら茶を飲み、おさんの家に目を注ぐ。軒先の風鈴が鳴り、生ぬるい風が頬を撫でていった。

おさんの家の戸口から女が出てきた。

おさんだろう。家の前に水を打ち、朝顔の鉢に水をやり、通りを眺めてまた家のなかに引っ込んだ。浴衣を羽織っただけの身なりだったが、色香に満ちた三十年増だ。

小半刻（約三十分）ほど見張っていたが、おさんの家に出入りはない。見張っている要之助は、おゆきに頼まれたといっても、

（おれは何をしてるんだ）

と、内心でぼやいた。茶に飽きたので、店の女に冷や水を注文した。

寒ざらし粉の団子に白砂糖が澄んだ水のなかに沈んでいる。夏の盛りの飲み物だが、国許の冷や水よりうまいと感じるのはどういうわけだ。

さらに半刻ほど見張ったが、おさんの家を訪ねる者もいなければ、おさんが出か

ける様子もない。

要之助は出直そうと決めて床几（しょうぎ）から立ちあがった。そのとき、おさんの家の戸口に立った男がいた。先刻会ったばかりの勘次郎だった。

要之助はまた床几に座り直した。勘次郎は敷居をまたぐと、戸を閉めた。手に帳面を持っていたので、おさんに見せに来たものと思われた。

勘次郎が居間にあがって座ると、おさんが艶然（えんぜん）と微笑んできた。もちもらした白い肌が浴衣の襟口にのぞいている。勘次郎はあくまでも平静を保って帳簿を差し出した。

「ここ五日ほどの帳付けです」

おさんはぱらぱらとめくり、目を凝らしたがそれは長いことではなかった。

「あんたのことだから間違いはないでしょう。まあまあ商売はうまくいってるようじゃない。あんたがいるからわたしは安心できるよ」

おさんはそう言いながら濡（ぬ）れたような目を勘次郎に向けてくる。会えば男心がくすぐられるし、おさんの熟した体がほしくなる。でも、抑えなければならない。

「ところであるお侍が来て辰蔵さんのことを訊（たず）ねられました。おかみさん、まだ辰蔵さんに関わっているんですか？」

「関わってるなんて人聞きが悪いじゃないのさ。むげにすると何されるかわからないから、適当にあしらっているけど、あの男はしつこいからね」

「ときどき泊まりに来てるようではありませんか」

「なに言ってるのさ。朝までぐだぐだといやなことを言うから、聞いてやっているだけよ。愚痴の多い男だからね。あら、焼き餅焼いているのかい？」

「まさか、そんなことは……」

勘次郎は視線を外す。

「焼き餅もいいけど、あんたには可愛い許嫁がいるじゃない。自分のことを棚へ置いてわたしを責めないでおくれよ」

「責めてなんかいませんよ……。でも、おかみさんはこの頃変わったから……」

「いつまでもあんたと睦まじくしてたら世間の目があるじゃない。変な噂が立たないようにしているだけよ。でもね勘次郎、わたしはあんたが気に入っているんだよ」

おさんは膝を擂って近づき、勘次郎の手をにぎった。

「たまにはね。枕を並べたくなるんだよ。ほんとよ」

「……」

勘次郎はどう返事をしていいものかわからない。おさんの体はたしかに魅力があり、抱き心地がよい。それにおさんは床上手だ。同衾するたびに、勘次郎は気を抜かれそうになる。

「今度うまく暇を見つけて……」

おさんは顔を寄せ勘次郎の耳にふうっと息を吹きつけた。

「わたしはあくまでも店の奉公人ですから……」

「だからどうだって言うの。わたしとあんたの関係は誰も知っちゃいないんだ。これまでのようにうまくやればいいじゃない」

勘次郎は理性を失いかけるが、自分の内にある感情を必死に抑え込んだ。

「店に戻らなければなりません。おかみさん、また来ますから」

勘次郎が立ちあがると、おさんはあきらめたように、店のこと頼みますよと言葉を添えた。

要之助は表で聞き耳を立てていたが、二人の声を拾うことはできなかった。そして、勘次郎が出てくる気配があったので、さっとその場を離れた。

第六章　浅黄裏馬鹿にされても挫けない

一

「それで、辰蔵には会うことができたんですか？」

要之助の話を聞いた清兵衛が興味津々の顔を向けてくる。藩邸の門長屋でのことだ。

「会うことはできなかったが、やっぱり勘次郎とおさんはただの間柄じゃないようだな。もっとも店の主と番頭だからそうだろうが、どうもあやしい。許嫁のおよしが焼き餅を焼くのは当然だろう」

「それで二人の話を聞くことはできたんですか？」

「いや、聞き耳は立てたが話は聞こえなかった。それに勘次郎は長居はしなかった。手短に用を終えたようですぐに店に戻った。店の帳簿を見せに行っただけなんだろう」

「それでどうするのです？」

「そこだ。おれも帰る道々いろいろ考えたんだ。ここは辰蔵に会って、どういう了見で勘次郎を脅したんだと問い質したほうが早いんじゃねえかと……」

清兵衛は少し思案顔をしたあとで、要之助に顔を向け直した。

「辰蔵が強情者で、性悪だったらいかがされます。そのじつ、辰蔵がどんなふうに勘次郎を脅したかわかりませんが、乱暴をはたらいたり勘次郎を傷つけたりはしていないんでしょう」

「まあ、そうみたいだな」

「だったら無闇な口出しは控えたほうがよいと思いますが……」

「それじゃどうしろってんだ。おゆきもおよしも、勘次郎にいつ災難が降りかかるかしれないと心配してんだ。災難が起きたあとじゃ遅いだろう」

「まあ、そうでしょうけど……」

「辰蔵に会って、勘次郎に手出しをしたらただではすまされないと釘を刺すだけだ。

それでことが穏便にすめばいいだろう」

「夏目さん、わたしが辰蔵のことを調べてみましょうか。どこに住んでいて、どんな暮らしをしているか。それがわかれば、あとのことがやりやすくなる気がするんですが……」

「ふむ、そうだな。だけど、どうやって調べる？」

「まずはおさんの家を見張ってみましょう」

「それだったら、おれがおよしに会って話を聞いたほうが早いだろう。およしは辰蔵について詳しい町の者を知っているふうだから」

「では、そうしてください。それにしても江戸に来てこんなことを調べるとは……」

「成り行きだからしかたねえだろう。困っている者がいるのに、指をくわえて見ていたあとで、とんでもねえことが起きたら、それこそ目もあてられねえ」

「ま、そうですね」

そう応じた清兵衛は、暗くなったので行灯に火を入れると言って立ちあがった。

気づけば戸障子にあたっていた夕日の影がいつしか消えていた。

おさんが夕餉の支度にかかったとき、戸口に声があった。顔を振り向けると、辰蔵が敷居をまたいで入って来た。おさんはにわかに顔を曇らせた。

「これから飯かい。ちょうどいいとこに来たようだ」

辰蔵は勝手に居間に上がり込み胡坐をかいた。

「今日はちょいと話があるんだ」

「どんなことです？」

いい話ならいいけどと、おさんは胸のうちでつぶやく。

「まあ、それはあとでゆっくり話すさ。酒はねえのか……」

おさんは黙って出してやる。出さないとねちねちと嫌味を言われるのはわかっている。

「肴は漬物しかありませんよ。夕餉は朝の残り物ですから」

「漬物で十分だ」

辰蔵は早速ぐい呑みに酒をついで口をつけた。

「店のほうはどうだい？　うまくいってるのか？」

「よくも悪くもないといったところです」

おさんは漬物樽から胡瓜と茄子を出して切る。

「あのガキもうまくやってるってわけか。気にくわねえ面してるが、仕事はできるんだな」

「勘次郎は親譲りの商売人です」

「誤魔化されちゃいねえだろうな。あいつぁ真面目面してるが、売上げをちょろまかしてやしねえだろうな」

「そんなことする男じゃありませんよ」

おさんは皿に盛った漬物を辰蔵の膝許に置いた。

「おめえもこっちに来て一杯付き合いな。飯はあとでいいじゃねえか」

おさんは気乗りしないが、素直に居間にあがって辰蔵に酌をしてやった。辰蔵はにやにやした顔を向けてきて、切れ長の目を細める。

「迷惑かい？　そんな面するんじゃねえよ。おれはおめえに面倒をかけたくねえんだ。それより、もっといいことをしてやりてえと考えてんだ」

「いいことって、どんなことです？」

おさんは蚊遣りの煙を払うように団扇をあおいだ。

「店のことだ。やっぱおめえが店を切りまわしたほうがいい。だっておめえの店じゃねえか。そうだろう」

おさんは内心でため息をつく。店を出てここに住む羽目になったのはこの男のせいだった。自分と勘次郎の仲を知られたから、世間の目を欺くためにしたことだが。

それはおさんの一生の不覚だった。辰蔵のような人間に知られるとは予想だにしないことだった。しかし、それは自分の落ち度だと認めるしかない。

「おれは伊達に掛取仕事をしてきたんじゃねえ。ほうぼうの店に頼まれての仕事だから、商売のいろはもわかってる。おめえがおれを店に入れてくれりゃ、もっと繁盛させてやる。贔屓の客を増やすのはわけもねえことだ」

「わたしは商売を大きくしようとは思っていません。大きくすれば人も雇わなければならないし、それだけ物入りもあります」

「儲かりゃどうってことねえだろう」

「商売はそんな甘いもんじゃありませんよ」

「へん。知ったふうな口を……」

おさんはいきなり辰蔵に手をつかまれて引き寄せられた。

「おれはおめえが気に入ってんだ。おめえだって満更じゃねえだろう」

辰蔵の手が襟口に入り、そのまま乳房を撫でまわす。耳たぶを嘗められ、首筋に辰蔵の舌が這う。

「今夜は楽しもうじゃねえか。しばらく旅に出ることになったんだ」

おさんは辰蔵を押しのけるようにして座り直し、乱れた襟を整えた。

「旅ってどこに行くんです？」

「まあ、半月かそこらだろうが、付き合いがあってな」

辰蔵はへへへと楽しそうに笑い、酒に口をつける。おそらく博奕仲間と旅をして稼ぐつもりなのだろう。

「江戸を離れるってことでしょうけど、いつ行くんです？」

「二、三日後だ。おれが戻ってくるまで店のこと考えておいてくれ。それから路銀がいる。十両ばかり都合してくれねえか」

「またですか……」

おさんはあきれたようにため息をついた。とたん辰蔵の目が光った。

「またですかとはなんでぇ。嘗めた口利くんじゃねえ。亭主が死んで半年もたたねえうちに、てめえの店の奉公人をくわえ込んだのはどこの誰だ。そのこと忘れんじゃねえ」

おさんは黙り込むしかない。勘次郎との仲が世間に知られたら、近所を歩けなくなるどころか商売もしにくくなる。江戸の町人は噂好きだから、話に尾鰭がつくのは考えるまでもない。

だからおさんは店を出て、この家に移ったのだが、辰蔵はしつこくつきまとう。

「わかりましたよ。そのこと言わないでくださいまし」

おさんは泣き寝入りするしかない。黙って十両をわたすと、とたん辰蔵の機嫌は直った。

「まあ、おめえもまだ若いんだし、後添いだったてこともあろうから、おれもわからねえじゃねえ。それでよ、旅から帰ってきたらもう一度相談だ」

「どんな相談を……」

「勘次郎を追い出しておれが店を切りまわすってことだ。おめえはこれまでどおり、のんびり暮らしてりゃいい。きっとおれは店を大きくしてやる」

ハハハ、まかせろと辰蔵は自信ありげな顔をした。

二

翌日、要之助はおよしに会いに行こうと思ったが、黒部忠五郎から外出を止められた。翌々日に諸国大名家が登城しなければならぬ月次御礼（つきなみおんれい）があるからだった。

月次御礼は毎月、朔日（さくじつ）・十五日・二十八日と決まっている。その他に大名は、年頭と桃の節句・端午の節句・七夕・八朔・重陽の節句に登城しなければならない。年間を通すと二、三十回の登城である。

藩主氏鉄の登城に同行するのは、何事も経験だという忠五郎のはからいだったが、要之助には迷惑な話だ。だが、命じられたからには拒むわけにいかない。

当日、肩衣半袴に着替えた要之助は清兵衛とともに、藩邸を出て大手門に向かった。藩主氏鉄の乗る駕籠（乗物）に付き従うのは三十人ほどだ。だが、藩邸から大手門まではさほどの距離ではない。せいぜい五町（約五百五十メートル）ほどである。

しかし、大手門前の広場には登城する大名家の家臣が多く集まっており、門前は混雑を極めている。

揉め事が起きた場合に備えて、町奉行所の同心が監視に立っていれば、物売りもやって来る。大名の供の者は、主君が下城するまでそこで待たなければならない。

大手門前に到着すると、要之助たちはそこで待たされ、氏鉄の駕籠が城内に消えるのを見送る。駕籠に従うのは陸尺四人、挟箱持二人、草履取りひとり、供侍が四人だった。

「こういうことも知っておくべきだ」

氏鉄の駕籠が大手門のなかに消えると、忠五郎がそばにやって来た。

「それにしてもこんなに人がいるとは……」

要之助は目をまるくしてあたりを見まわす。藩主の供をする従者は数十人であるが、百家以上の大名が登城するので、大手門前の混雑は推して知るべしである。

「今日は何事もなかったが、気をつけなければならぬことがある」

忠五郎が言葉をつぐ。

「殿より格上の大名と出くわしたならば、道を譲らなければならぬ。また御三家の行列に出会ったならば、殿に知らせ駕籠を下りて挨拶(あいさつ)をしてもらわなければならぬ。ときに道を変えることも考えなければならぬ」

要之助と清兵衛は「はあ」と納得したようにうなずく。

「ときに他家の者といざこざを起こす者がいるから、家臣には目を光らせておけ」

「はは」

要之助は畏(かしこ)まる。

「ただ殿の下城を待つだけではない。気を張っておけということですね」

忠五郎が一方に歩き去ったあとで清兵衛がつぶやいた。

「それにしても気疲れするな」

「しかたありません。これもお役目なのですから……」

「だけどよ、黒部さんはああ言ったが、どこの大名家が殿より格上か、どれが御三家なんてわからねえじゃねえか」

「駕籠と挟箱の紋で見分けるのではないでしょうか」

「御三家の紋はともあれ、おれは格上大名の紋はわからぬが……」

「おいおい教えてもらうしかありませんね」

そうするしかあるまいと思う要之助は容赦なく照りつけてくる日を見あげた。

城内からは暑さをいや増す蝉の声も聞こえてくる。

藩主氏鉄が下城してきたのは昼過ぎだった。藩邸に帰った要之助はどこへも行く気がせず、その日は静かに門長屋で過ごした。

しかし、おゆきに頼まれていることを片づけるために、翌日、およしに会った。

およしに辰蔵のことを教えたのは、鎌倉町の明樽問屋大西屋の卯吉という手代だった。

なんでもおよしの親戚だということだ。

卯吉は目の大きな小柄な男で、おしゃべり好きらしく早口だった。

「辰蔵さんですか、あれはどうしようもない与太者ですよ。掛取屋をやってるみたいですが、賭場に出入りしては損ばかりしてるんです。わたしも無心されたことがありましたけど、手代の持ち金は知れています。勘弁してくれと泣きついて許してもらいました。どうせ返してもらえないのはわかっていますからね」

「どこに住んでいるか知っているか？」

「神田富松町の裏長屋です。たしか箒店という長屋でした。なんでも箒職人が多く住んでいるか、住んでいたかでそんな呼び方をされているそうです」

「おれは江戸には不案内でな。詳しい場所を教えてくれねえか」

卯吉は親切な男で、ちょいとお待ちくださいと言って店に戻ると、簡単な地図を描いた書付をわたしてくれた。

要之助は地図を頼りに箒店に行ったが、辰蔵の家は戸が閉められていた。同じ長屋の者に聞くと、

「しばらく旅に出ると一昨日でしたか出ていきましたけど、どこへ行ったかまではわかりません」

あばた面の若いおかみがそう教えてくれた。

「いつ帰ってくるか聞いているか？」

「さあ、そこまでは聞いてませんけど、しばらくと言ったから半月かひと月ほどで

はないでしょうか」

「それで辰蔵はどんな男だ。掛取屋だと聞いているが、真面目にはたらいているのか？」

「その辺があやしいんです」

と、おかみは声をひそめてつづけた。

「たまには仕事をしてるんでしょうけど、いつも遊んでいるふうにしか見えませんね。それに柄の悪い男を連れてきたりして酒を飲んでいます。長屋の人たちはどうやって暮らしているんだろうと首をかしげています。悪口は言いたくないですけど、あんまり褒められた人じゃないですよ。お侍さんはどうしてそんなことを……」

「ちょいと面倒なことがあってな。辰蔵と話をしなければならねえんだ」

「それじゃあの人が戻ってくるまで待たなきゃなりませんね」

要之助はおかみに礼を言って箒店をあとにした。

（どうするか……）

表通りに出た要之助は秋の空に変わりつつある空を眺め、おゆきに会いに行こうと決めた。

三

「夏目様、いらしてくださったんですね」

大和屋を訪ねるとおゆきがにこにこしながら店の表に出てきた。

「おまえさんに頼まれていたことがあって気になっていたんだが、いろいろお役を申しつけられて、外に出られなかったんだ。すまねえ」

「いいえ、どうかお気になさらないで。それで兄さんから話を聞いたんですけど、いいことがあるんです」

「どんなことだい？」

おゆきは立ち話もできないからと、近くの茶屋に要之助を誘い、表の床几に並んで腰掛けた。

「いいことってなんだい？」

茶を運んできた小女が去ったあとで、要之助はおゆきを見た。

「辰蔵という人が旅に出たらしいんです」

「そうらしいな」

「あれ、どうしてご存じなのです？」

おゆきは目をしばたたく。要之助はおよしに会って、親戚の卯吉から辰蔵の家を教えてもらって行って来たことを話した。

「長屋のおかみに辰蔵が旅に出たと教えられたんだ。まわりくどいことをやめて、直接辰蔵に釘を刺そうと考えていたんだが、拍子抜けだ。それでいいことというのは？」

「兄さんから聞いたんですけど、なんでも辰蔵はおさんさんに迷惑をかけているらしいんです」

おゆきは辰蔵を呼び捨てにしてつづける。

「それで辰蔵が旅に出ている隙に、おさんさんは家移りをするんです。それで、もし辰蔵が引っ越し先を探して来たとしても下男と女中を雇うので、変なことはされないだろうって」

「それでまるく収まるのか？」

「もし、兄さんの店に来て、おさんさんのことを聞かれたら、病気になったので田舎に引っ越したことにするそうで……」

「ふうん。そういうことか」

要之助は茶を飲んで遠くを眺めた。

「だけど、辰蔵はしつこい男じゃないのか。おさんが引っ越しをして身を隠したとしても、勘次郎にいちゃもんをつけて、おさんの引っ越し先を探すんじゃないのか」

「兄さんは知らないと白を切ると言っています」

「店の売上げはどうなるんだ？　おさんはあくまでも栄屋の女主だろう」

「そこなんです」

おゆきは笑みを絶やさず、茶に口をつけた。

「兄さんが栄屋を買い取ったことにするそうです。そうしたら、いくら辰蔵でも文句は言えませんからね」

「形だけ勘次郎が栄屋の主人になるということだろうが、それですめばよいが……」

「兄さんはきっとうまくいくと言っています」

「そうか、それでいいならいいが、おゆきもそれでいいと思ってるのか？」

「わたしがあまり口出しすれば嫌がられるし、兄さんがうまくやると言うので、それを信じるしかありません」

「すると、しばらく様子を見るってことだな」

「申しわけありません。夏目様に迷惑な相談をしたばかりに、お気を使わせてしまいました」

「そんなことはどうでもいいんだ。ま、話はわかった。すると、もうおれは余計なことをしなくていいんだな」

「すみません」

おゆきは小さくなって頭を下げる。

「それならまた江戸見物を頼むか。おれはまだ江戸のことがよくわかってねえからな」

「お安いご用です」

おゆきは愛くるしい笑みを浮かべる。そんな顔を見ると、要之助の心がはずむ。相手は町娘だが、いっときでもこんな女といっしょにいられるのが楽しい。

「それで、どこか行ってみたいところはありますか？」

「そうだな。ときどき花火の音が聞こえるが、あれはどうなってるんだ？」

「いまは川開きの時期なんです。毎年五月二十八日から八月二十八日まで花火を上げるんです。去年までは花火屋の玉屋(たまや)さんと鍵屋(かぎや)さんが上げていたんですけど、玉屋さんは五月に火事を出してしまい店がなくなったので、いまは鍵屋さんだけで上げています」

「そうだったか。一度近くで見てみたいもんだな。国には花火の打ち上げなんてなかったからな」

「それじゃ一度是非花火見物をしましょう」

「ああ、いまから楽しみだ」

「それで他に行きたいところはありますか？」

「芝居も見てみてえな。親父から団十郎だとか海老蔵だとかって名を聞いてんだ。親父が参勤のおりに土産だと言って持ってきた役者絵を見たことがある」

「お父上様は江戸に見えたことがあるんですね」

「参勤で何度もある。もう死んじまったが、生きているときにいろいろ聞いておけばよかったと、いまさらながら後悔だ。若い頃は父親の話はつまらなかったからな」

「あら、夏目様はまだお若いじゃありませんか」

「ま、年寄りじゃねえのはたしかだ」

おゆきはくすくすと笑う。

「それから相撲だ。相撲も見てみたい。この間、日本橋の近くで相撲取りを見たが、ありゃなんであんなに体が大きいんだ。飯を食うからだろうが、やたら大きいじゃねえか」

「もともと体の大きい人が相撲取りになるみたいです。そういう人ばかりですから」

「おれじゃなれねえな」

おゆきは少し身を引いて、しげしげと要之助を眺める。

「夏目様はちゃんとしたお武家様です。相撲取りには似合いませんよ。でも、相撲でしたらいつがいいかしら……」

「おれはいつでもいいが、おゆきの都合もあるだろうからな」

「でも、勧進相撲は春と冬の二回しかないんです。晴れた日の十日間だけですけど……」

そんな話をしていると、だんだん楽しくなった。

おゆきは上野(うえの)も是非案内したいと言う。不忍池(しのばずのいけ)もそうだが、寛永寺(かんえいじ)にお参りするとよいとも付け足す。

「いやいや、おゆきの案内ならどこへだってついていくさ」

要之助が笑えば、おゆきも笑う。要之助の心は浮き立っていた。

四

役目は忙しくない。これといった指図も受けない。いつでも外出はできそうだが、そうはいかないのが現実だった。

要之助の毎日は暇つぶしと言っても過言ではなかった。それは他の勤番も同じで、怠惰な毎日を送るだけだ。忙しいのは藩主氏鉄の登城日や、氏鉄が諸国大名家との交誼(こうぎ)を結ぶために外出をする際の供である。それも多くはないし、毎度付き従う必要もなかった。

江戸勤番に何度もついている者たちの話は下世話なことが多い。吉原や岡場所の話だ。なかには千住(せんじゅ)や品川まで行き、吉原の花魁(おいらん)よりいい飯盛り女がいるという者もいた。

そんな話はおもしろく興味を引かれるが、要之助がその気になることはなかった。寝ても覚めても、なぜか知らぬがおゆきの顔が頭の隅にちらつくのだ。

色白で目鼻立ちの整ったおゆきの笑顔。着物の裾(すそ)にのぞく白く引き締まった足首。襟元からのぞくきれいな肌。にっこり笑って自分を見る目。

(ああ、おれはどうしちまったんだ)

要之助はその思いを振り払うようにかぶりを振る。内心の思いを清兵衛に知られたくないので、あえておゆきの話は避けるようにしていた。

「このところおゆきに会っていないのですか？　その後、おゆきの兄さんの揉め事の話が出ませんが……」

暇にあかせて清兵衛が口を開いた。

藩邸内の門長屋だった。清兵衛が茶を淹れてくれる。

「ありゃあ一応片がついたようだ。なんでも辰蔵って野郎が旅に出た隙に、おさんが家移りしたらしい。それで悶着はなくなったんだろう」

要之助は煙管に刻みを入れて火をつける。夏も終わり、いつしか秋になっていた。けたたましい夏蟬の声はなく、いまは蜩の声が聞こえていた。

「初めての江戸詰で、こんなことを言ってはいけないのでしょうが、退屈ですね」

「ああ、そうだな。かといって毎日外出をするわけにもいかねえ」

江戸詰の勤番の外出に対する規制はわりとゆるやかだった。所在をはっきりさせるために、外出の際には同役の者や隣の部屋の者に、どこそこに行ってくると一言断りを入れればよかった。

しかし、金が問題だった。外出をしてもただぶらつくだけなら金はかからないが、居酒屋や飯屋に立ち寄ればそれなりの出費となる。

藩重役のように禄が多ければ、気にすることはないだろうが、下士身分となればどうしても倹約をするしかない。贅沢は禁物だった。

「明日はちょいと出かけることにする」

要之助は開け放した戸口の外に目を向けた。剣術の稽古を終えた二人の徒衆が自分たちの長屋に戻っていった。

「いずこへ行かれます？」

「まあ、その辺だ」

要之助はそう答えたが、おゆきに会おうと思っていた。店に行っていなかったら、日本橋界隈を歩いて帰ってくるだけだ。

「わたしは見世物小屋に行ってだまされました」

「だまされた……」

要之助は清兵衛を見た。

「はい。お代は見たあとでいいと、呼び込みが申しますから、小屋に入ってみたんです。なんでも大鼬や大穴子がいるというので……」

「それで……」

「鼬は大きな板に赤い血糊が塗ってあるだけで、大穴子は大きな穴に子供が座っているだけでした」

ハハハと要之助は笑った。

「まったく子供だましの見世物に引っかかりました。お代はいらないと言われても、わたしは二本差しの侍なのでみっともないことはできませんから、ちゃんと払いました」

「武士は食わねどなんとかであるからな」

要之助は笑いながら言った。

「見世物小屋は行かないほうがよいです」

「両国の矢場の女は色を売っているらしいな」

「あ、それも行きました。矢を拾うときにわざと白い太股(ふともも)を見せたり、襟を大きく広げて胸が見えるようにかがんで色目を使って笑うんです」

「それでどうした?」

「それだけです。なかには矢場の女を買う者もいるようです」

「いい女でもいたか?」

清兵衛はいいえと首を振る。

「江戸に来てそれほどたっていないのに、なんだか国許(くにもと)が恋しくなりました」

清兵衛は寂しそうな顔を窓の外に向けた。

「国よりお内儀が恋しくなったんだろう」

要之助が吸っていた煙管を灰吹きに打ちつけたとき、忠五郎の使いが戸口にあらわれた。

「黒部様がお呼びでございます。すぐに来てくれとおっしゃっています」

「おれだけか、それとも二人か？」

要之助が言葉を返すと、使いは二人で来てくれと言う。要之助は清兵衛と連れだって、表御殿にいる忠五郎のもとに足を運んだ。

「呼んだのは他でもない。抱屋敷で作事方(さくじかた)が仕事をしておるが、その様子を見てきてくれ」

「これからでしょうか？」

要之助は忠五郎に聞いた。

「明日でよい。朝のうちに行って昼には戻ってきてもらう」

「承知しました」

要之助が返事をすると、忠五郎はもう江戸には慣れたかと聞いた。

「だいぶ町の様子はわかりましたが、江戸は広うございます。道を覚えるのがひと苦労です」

「いかさまな。まあ、おいおい覚えればよいだろう。暇を見て、市中を歩くのは悪くない。ただし、喧嘩口論は御法度だ。かまえて町奉行所の世話になったりしてはならぬ。では頼んだ」

五

翌朝、要之助は清兵衛といっしょに八右衛門新田にある抱屋敷に行った。六人の作事方が雇った大工を監視しながら、納屋の建て替え作業を見守っていた。

「人手は足りているのか？」

要之助は作事方のひとりに声をかけた。相手は要之助と清兵衛が目付だと知っているので、少し威儀を正して答えた。

「人手は足りております。身共らも手伝いますので……」

母屋の縁側に座っていたくせにそんなことを言う。

「いつできる？」

要之助は柱になる木材を切ったり、鉋をかけたりしている大工を眺めて聞く。

「四、五日で瓦をのせられるでしょう。壁板の傷みがひどいし、柱はシロアリにやられていたので、立て替えは致し方ないことです」

「すると十日もあれば新しい納屋はできるのだな」

要之助と清兵衛は大工たちの仕事ぶりをしばらく眺めてから抱屋敷をあとにした。

忠五郎は昨日、昼までには戻ってこいと言ったが、それまでには少し時間があった。

「清兵衛、おれはちょいと寄り道をして帰る。昼前には戻るから心配はいらん」

「どこへ寄るんです？」

「道を覚えるんだよ。黒部さんが昨日そんなことを言っただろう」

「それじゃわたしも道草をして帰ることにします」

要之助は小名木川に架かる高橋の近くで清兵衛と別れると、その足で新大橋をわたり、浜町堀沿いの道を辿り、本銀町の大和屋を訪ねた。

「これは夏目様、よくいらっしゃいました」

大和屋に入ると、おゆきの父勘兵衛が歓待してくれる。旅先でおゆきたちの面倒を見たことに感謝しているからで、下にも置かないもてなしをする。

「いやいや、気遣い無用だ。すぐに藩邸に戻らなければならねえんだ」

要之助は、座敷にあがれ、茶を淹れるという勘兵衛に断り、おゆきはいるかと訊ねた。

「いま出かけているんですが、昼過ぎには戻ってくるはずです」

「そうか。それは残念だ。町案内を頼もうと思っていたんだが、それじゃしかたねえな」

要之助は出された茶に口をつけて落胆する。

「もし直吉でよろしければ案内させますが……」

「男連れで歩いちゃ洒落にならねえ。まあ、急ぐことじゃねえからまた出直そう」

要之助はそう言って大和屋をあとにした。おゆきに相撲や芝居や花火を見に連れて行ってもらうことになっているが、まだその約束は果たせていなかった。

今日はその日取りでも決めておこうと考えていたのだが残念である。要之助はとぼとぼと藩邸に戻るしかない。

その頃、川越から江戸に戻ってきた辰蔵は、自分の長屋でくすぶっていた。川越でひと儲けをするつもりだったが、うまくいかなかった。川越なら稼げると言った博奕仲間の安蔵の口車に乗って勇んで出かけたが、目論見はすっかり外れてしまった。

たしかに四、五日は稼ぐことができた。しかし、川越に入って十日目あたりからつきに見放され、持ち金が底をつきはじめた。

安蔵が最後のひと勝負をして賭けようというので、二日前に川越の博徒の仲介で盆茣蓙に座ったが、負けが込んでしまった。帰りの金がなくなる前に、新河岸から花川戸に戻ってきたのは今朝だった。

当座の金を作るために数軒の店をまわり、掛取仕事はないかとご用伺いを立てたが、どの店にもいまのところは用はないと言われた。

博奕で負けた苛立ちもあるが、仕事もないとさらに腹立ちが募る。こうなったら金蔓にしているおさんを頼るしかない。

辰蔵は長屋を出ると、屋台のそば屋でかけそばを腹に流し込んでおさんの家に行った。ところが腰高障子に「貸し家」という張り紙があった。

（なんだと……。なんで貸し家になってるんだ）

辰蔵は腰高障子を引き開けた。家のなかはもぬけの殻だった。にわかに腹立ちが増し、拳を強くにぎりしめ、

「あのあばずれ、逃げやがったな」

と、声に出して目を光らせた。

「おい、この家におさんという女がいたはずだ。どこにいるかわからねえか」

隣の家を訪ねて聞いたが、

「さあ引っ越し先は聞いてませんが……」

と、太ったおかみが言う。

「いつ越しやがった？」

「十日も前だったでしょうかね。なんでも慌てての家移りだったみたいですよ」

おかみはのんき面をして言う。

(逃げやがったな)

辰蔵は表通りに出て、あたりに目を光らせると、にやりと片頬をゆるめた。おさんはうまく逃げたつもりだろうが、馬鹿な女だと思った。あいつは表向き栄屋の商売から手を引いているが、そのじつ女主(おんなあるじ)であることに変わりはない。

辰蔵はその足で神田三河町の栄屋に向かった。なんだかむしゃくしゃしていた。博奕は負ける、掛取仕事はない、おさんはいつの間にか引っ越しをしている。

「馬鹿にするんじゃねえ」

声に出して言うと、すれ違った町人が驚いたように振り返った。

栄屋の前に来ると、小僧がひとりの客を送り出して頭を下げたところだった。

「おい、勘次郎はいるかい？」

辰蔵が声をかけると、小僧は頭をあげ、そして目をみはって顔をこわばらせた。

「い、います」

辰蔵は小僧を押しのけるようにして店に入った。帳場に座っていた勘次郎が算盤から顔をあげ、蚊の鳴くような声で、

「いらっしゃいませ」

と、言った。

「話がある。おさんはどこに越した？　おめえは知っているはずだ。教えるんだ」

六

店に乗り込んできた辰蔵を見た勘次郎は、心の臓が縮こまりそうになった。辰蔵はいつにない剣幕で目をぎらつかせている。

「なんで黙ってやがんだ！」

「あ、いえ、そのわたしは知りませんで……」

「なんだと」

辰蔵は身を乗りだして、勘次郎の襟首をつかんで引き寄せた。息が苦しくなる。

「ら、乱暴はやめてください。教えてもらっていないんです。ほんとうです」

もし、辰蔵が来たらそういうふうに答えるようにと、おさんに言われている。

「この店はおさんの店だ。てめえは番頭面してるが、ただの雇われ奉公人だろう。知っていて知らねえとぬかしやがると、ただじゃすまねえぜ」

「ちょ、ちょっと手を離してください。これでは話ができません」

勘次郎が声をふるわせて言うと、辰蔵はどんと突き放した。その勢いで勘次郎は帳場箪笥（だんす）にゴンと頭をぶつけた。

「お、奥で話しますので、おあがりください」

座敷にあげたくはないが、話はしておかなければならない。

「どんな話か知らねえが、話があるって言うんなら邪魔をするぜ」

勘次郎は手代の佐平に店のことをまかせ、辰蔵を奥の座敷にいざなって向かい合って座った。辰蔵は嚙（か）みつきそうな顔でにらんでくる。

「あの、その、おかみさんは……」

勘次郎は恐怖で生唾（なまつば）を吞（の）み込んだ。

「なんだ」

「はい、この店はわたしが譲り受けることになったんです。その話がまとまりまして、それでおかみさんは家移りをされたんです」

「なんだと……。すると、この店はてめえのものになったと言うのか」

「は、はい」

ほんとうは先々の話なのだが、おさんとそういう打ち合わせをしていた。

辰蔵はしばらく黙り込んで座敷の隅々に視線をめぐらし、それからにやりと不気味な笑みを浮かべた。

「おい勘次郎。おさんがどこへ越したか、おめえが知らねえというのはおかしい。嘘をつくんじゃねえぜ」

「う、嘘ではございません」

勘次郎は喉がからからになった。乱暴されないだろうかと、恐怖心がいや増す。

「おれは知ってんだ。てめえとおさんの仲をな。てめえ、おさんとできてるだろう」

辰蔵は声音を抑えてにらんでくる。

「そんなことはありません」

「ほう、白を切るってぇのか。てめえには許嫁がいるらしいな。それなのにおさんと枕を並べた。おさんだって亭主が死んで間もないっていうのに、てめえの店の奉公人と乳繰り合った。そんなことが世間に知れたらどうなる」

辰蔵は蛇のような目で見つめてくる。勘次郎は生きた心地がしなかった。

「そ、そんなことはしていません。それは辰蔵さんの思い違いです。わたしとおかみさんは清い仲です」

ほんとうは一度ならず、二度三度とおさんと寝ているが、それは秘して表に出してはならなかった。しかし、辰蔵はそのことを知っているようなことを言う。決して知られてはいないはずなのに。

「おいおい、ふざけたこと言うんじゃねえぜ。とにかくおさんの引っ越し先だ。おめえが知らねえというのはおかしい。教えるんだ」

辰蔵は飛びかかってきた。勢いで勘次郎が倒れると、辰蔵は馬乗りになって頬を張った。

「ひっ……」

「言え、どこだ、どこにあの女は引っ越しやがった」

ぎゅうぎゅうと首を絞められた。勘次郎は息が苦しくて、辰蔵の腕を振り払おうとするができない。

「言わねえか！」

「し、知らないんです。ほんとうです」

泣きたくなった。あきらめて教えてしまおうかと思いもする。殺されたらなんにもならない。しかし、辰蔵は手をゆるめて、

「くそっ」

と、吐き捨てて座り直した。

「おい、勘次郎。出直してくるが、その間によく考えておくことだ。おれはなにがなんでもおさんを捜し出す。見つけたらただじゃおかねえ。おさんが来たらそう伝えておけ」

辰蔵は蹴るようにして立ちあがると、

「わかったな！」

と、怒鳴りつけて拳をあげた。

「ひっ……」

勘次郎は殴られると思って後ろ手をついたが、辰蔵はペッとつばを吐くと、土間に置かれている味噌桶を蹴飛ばして出て行った。

「大丈夫ですか？」

佐平が座敷口に来て心配そうな目を向けてきた。

「ああ、なんともないよ」

勘次郎はゆっくり半身を起こし、乱れた着物を直して帳場に戻ったが、恐怖心はおさまっていなかった。土間に置かれている味噌桶がひとつひっくり返っていた。それを幸助が直していた。

勘次郎は心配げな顔をして土間に立っているお竹に「もう大丈夫だから」と言って、帳面に視線を落とした。心の臓がまだドキドキと脈打っていた。

このままではすまないだろう。辰蔵はきっとまた来る。おさんのことを隠し切れそうにないと思うと、どう対処すればよいかと不安に苛(さいな)まれる。

「こんにちは」

あかるい声で店に入って来た女がいた。勘次郎はさっと顔をあげた。

「おゆき」

七

「ちょっと近所まで来たので兄さんの顔を見に来たのよ。これ、みんなで食べて」

おゆきは買ってきた煎餅(せんべい)の包みを勘次郎にわたし、こぼれた味噌を片づけている幸助を見、店の雰囲気がいつもと違うことに気づいた。

「どうしたの……なんだか様子が変じゃない」

「辰蔵さんが来て騒いだんです。番頭さんを怒鳴りつけ、味噌桶を蹴って出ていったんです」

幸助が言うのへ、勘次郎は言うんじゃないという顔で首を振った。

「どうしてそんなことに？」

おゆきは真顔で勘次郎を見る。すると小僧の幸助が口を開いた。

「家移りされたおかみさんの居所を教えろって……」

また余計なことをと、勘次郎が幸助に顔をしかめたのを見て、おゆきは腹立たしくなった。隠し事をされるのは性に合わない。兄と妹なのだ。

「何があったか教えてちょうだい。わたしは黙っていられないわ」

おゆきはきっとした目で勘次郎を見る。

「しつこい辰蔵さんを避けるために、おかみさんが引っ越しされたんだ。それを知った辰蔵さんが腹を立ててるようでね」

「それで兄さんを……。ぶたれたの？　頬が赤いわ」

勘次郎は辰蔵に張られた頬に手をあてた。

「たいしたことじゃない」

「そんなことないでしょう。おさんさんがどこに越されたか知らないけど、辰蔵はひどい男よ。知っていて知らないと言っても通用しないわよ」

「それはわかっているけど……」

「すると兄さんは、おさんさんがどこに越したか知っているのね」

「それは……」

「隠しとおせると思っているの。辰蔵はまたここに来て根掘り葉掘り聞くんじゃない。兄さん、しっかりなさいな。いったい辰蔵はおさんさんにどんな用があるの。おさんさんはなにか弱みでもあるから逃げるの？　それとも嫌がらせを受けているから逃げるの？」

「その辺のことはよくわからない。おかみさんが辰蔵さんを嫌っているのはたしかだけど……」

「すると、おさんさんと辰蔵の間になにか仔細があるってことなのね」

「おそらく」

おゆきは弱々しい顔をする勘次郎を情けなく思う。

「おさんさんはこの店を兄さんにまかせているんでしょう。そのおさんさんに何かあったら、困るのは兄さんじゃない。幸助だってお竹さんだって、佐平さんだって困るんじゃなくて……」

おゆきは土間に立っている三人を見てから、勘次郎に目を向け直した。

「そんなことはわかっているけど、どうしようもないんだ」

「どうにかしなきゃならないでしょう。迷惑をかけてほしくないんでしょう」

「そりゃ、もちろん」

「だったらはっきり言ってやればいいのよ。おとなしくしているから辰蔵はつけあがるんじゃなくて……」

勘次郎は黙り込んだ。

「わかった。それじゃわたしが辰蔵と話をします」

さっと勘次郎の顔があがった。戸惑ったように目をしばたたく。

「いつまでも疫病神みたいな辰蔵に迷惑をかけられているわけにはいかないでしょう。きっちり話をして金輪際この店に関わらないようにしなきゃ。そうでしょ」

「ま、それはそうだけど……」

「まったく頼りないことを。それでおさんさんはどこにいるの？」

おゆきは辰蔵に会う前におさんからも話を聞くべきだと考えた。それでないと迷惑な辰蔵を振り払うことはできない。

「どこ……？」

勘次郎はぼそぼそした声で、神田紺屋町(こんやちょう)二丁目だと言った。

「紺屋町のどの辺？」

「お稲荷(いなり)さんの隣に小さな一軒家を借りて、女中と下男を雇っている」

女中と下男を雇ったのは、おそらく辰蔵を近寄らせないためだろう。

「わたしちょっと会ってくるわ」

「あ、おゆき……」

勘次郎が尻(しり)を浮かして慌てたが、おゆきは店を出ていた。三河町の通りを東へ向かい、通町を横切り、紺屋町一丁目に入った。残暑の厳しい日で、憤った顔で歩くおゆきの頬を汗がつたった。蜩(ひぐらし)の声がどこからともなく聞こえている。

三丁目の角に稲荷社を見つけた。その隣に小さな一軒家がある。ここだなと思ったおゆきは、戸口前に立って声をかけた。

「どなた？」

おゆきは声が返ってくる前に戸を引き開けた。すぐそばの居間に座っていたおさんが、

「あら、おゆきちゃん」

と、頬をゆるめ、どうしてここを、と少し怪訝な顔をした。

「兄さんに聞いたんです。それより店に辰蔵が乗り込んできたんです。おさんさんの引っ越し先を教えろって、すごい剣幕だったようで、兄さんはぶたれたんです」

「ま、そんなことが……」

おさんは驚いたように目をまるくした。

「辰蔵はおさんさんを捜していますよ。いずれここにも乗り込んでくるでしょう。でも、どうして辰蔵から逃げるんです」

おゆきは一気にまくし立てた。

「迷惑だからよ。しつこく金の無心をするし、口を開けばいやなことばかり言うし……」

「おさんさん、なにか弱みでもにぎられているんですか？　そうでなければ無心もされないでしょうし、逃げる必要もないでしょう」

おゆきはおさんをじっと見つめた。

「いろいろあるのよ。おゆきちゃんが気にすることではないわ」

おさんはなにかを誤魔化すように、膝許の団扇を取りあおぐ。

「気にします。兄さんにまかせている店にも迷惑がかかるんですよ。そのことおわかりでしょう」

「店には迷惑かけないと、辰蔵さんは言ってるんだけど……」

「でも、辰蔵は迷惑をかけています」

おさんはあおいでいた団扇をそばに置いておゆきをまっすぐ見た。

「それなら教えてあげるわ」

八

日の落ちた庭は暗くなっていた。仕舞い忘れている風鈴が、夜風を受けてチリンと鳴った。おゆきはどうしようか迷っていた。

すぐに騒ぎ立てる父勘兵衛に相談できることではない。気の弱い母に話したら卒倒するかもしれない。

それだけ、おさんから聞いた話は衝撃的だった。おゆきはまさかと、目をみはってしばらく言葉をなくした。もちろん、勘次郎の許嫁(いいなずけ)およしにも話せることではない。

しかし、このままでは辰蔵がまた栄屋に乗り込んできて暴れるかもしれない。おさんを見つけたら、逃げたなと怒鳴りつけひどい目にあわせるだろう。おさんは引っ越しをしてことをまるく収めようと考えたらしいが、それはかえって辰蔵の怒りを増すことになった。

こんなことになったのは、おさんの落ち度だ。話を聞いておゆきはそう思った。もっともおさんに言い寄られて拒めなかった勘次郎にも原因はある。

おゆきは夜空に散らばる糠星(ぬかぼし)を眺めて、長男の勘太郎に相談しようかと考えた。

（どうしたらいいの……）

おゆきはすぐにかぶりを振った。勘太郎は父に似てことを大袈裟(おおげさ)にする男だ。町奉行所に駆け込むか、町の岡っ引きを頼るかもしれない。そうなればあっという間に町の噂になるだろう。

（いや、だめだわ）

とくに岡っ引きの種造(たねぞう)は口の軽いおしゃべりだ。いっときは黙っていても、いずれぽろっと誰かにしゃべるだろう。そんな噂はあっという間に広まる。

おさんと勘次郎の世間体は悪くなるし、およしは悲嘆に暮れるだろう。

では、どうやったらうまく収めることができるかと考えている矢先に、夏目要之助の顔が脳裏に浮かんだ。

(夏目さんなら……)

しかし、要之助を頼ってばかりでは傍迷惑だろうと思い直す。それでも誰か頼れる人がいないかと考え、手代の直吉ならなんとかなるかもしれないと考えた。

直吉は口が固いし、いい知恵を出してくれそうだ。

おゆきはすぐに直吉の部屋を訪ねた。

「ご相談とおっしゃいますと……」

直吉はきちんと膝を揃えて座り直した。

「あんた、喧嘩したことある?」

「は、喧嘩ですか……」

直吉は目をしばたたく。

「荒っぽい男がいて殴りかかられたらどうします?」

「そりゃあ怪我なんかしたくないんで逃げます」

おゆきは落胆するが、問いを重ねた。

「口喧嘩ならどうかしら。相手が口達者だとしたら、言い負かすことはできるかしら」

「いやあ、そんなことは……」

直吉は自信なさそうに眉尻を下げる。

おゆきは小さなため息をついて、やはり直吉では頼りにならないとわかった。

「どうしてそんなことを……」

「ううん、なんでもないわ。ごめんなさい」

おゆきはそのまま自分の部屋に戻った。


そんな頃、要之助は藩邸の長屋でひっくり返っていた。その日の夕刻、隣の長屋に住む徒衆の部屋に呼ばれ夕刻から酒を飲んでいたのだ。

飲み過ぎたのか、それとも飲んだ酒が安物だったのかわからないが、妙に酔ってしまった。

「夏目さん、大丈夫ですか？　水を飲んだらいかがです」

清兵衛が心配をしてくれる。

「おお、そうだ。水だ、水を飲もう」

清兵衛が汲んだ水を柄杓ごとわたしてくれたので、要之助は喉を鳴らして飲みほした。

「まずい酒だった。ありゃどぶろくか？　濁っていただろう」

「安物のどぶろくですよ」

「どうりで変な酔い方をした。もうあの酒はやめたほうがいいな」

要之助はまた夜具にひっくり返った。

「明日はどうします？　黒部様は休んでいいとおっしゃいましたが……」

「そうだったな」

「わたしは上野と浅草寺を見物に行こうと思っていますが、ごいっしょされますか？」

聞かれた要之助は天井を眺めた。

今日、おゆきに会いに行ったが会えずじまいだった。芝居や相撲や花火を見に行く約束をしているが、まだその楽しみはお預けのままだ。

「おれはいいよ。おまえひとりで行ってこい」

「そうですか」

清兵衛は残念そうにつぶやいた。

翌朝、朝餉（あさげ）を食べた清兵衛が早速出かけて行くと、要之助はしばらく時間をつぶしてから藩邸を出た。

近所の道はもう覚えたので迷うことはない。そして、足は本銀町の大和屋に向いていた。昨日も訪ねたばかりなので、あまり頻繁におゆきに会いに行けば、店の者や親に迷惑がられるのではないかと思いもする。

思いはするが、要之助に遠慮という二文字はあまりない。

「邪魔するぜ」

暖簾（のれん）をくぐって店に入ると、店の者たちが一斉に「いらっしゃいませ」と声をかけてきた。

「夏目様おはようございます。おゆきでしょうか？」

父親の勘兵衛は心得たもので、すぐにそう言った。

「いるかい。ちょいと話があるんだ」

要之助がそう言うと、土間にいた直吉が取次ぎに行き、すぐに戻ってきた。

「どうぞおあがりください。奥の座敷でお待ちです」

「それじゃちょいと失礼するぜ」

九

奥座敷に行くと、縁側に立っていたおゆきが振り返った。

「来てくださって嬉しいわ。わたしお会いしたいと思っていたんです」

そんなことを言われると、要之助の顔はだらしなくゆるむ。

「嬉しいこと言ってくれるじゃねえか。何かあったのかい？」

要之助が腰を下ろして胡坐をかくと、

「あるんです。それで相談に乗っていただきたいの」

と、おゆきが腰を下ろすなり言った。いつになく深刻そうな顔つきだ。

「どんなことだい？」

「辰蔵のことです」

要之助は眉宇をひそめた。

「またやつのことか。あの一件は片づいたのではなかったか……」

「そう思っていたのですけれど、辰蔵が兄さんの店に押しかけてきたんです」

おゆきはそう言って、辰蔵が栄屋に乗り込んで来たことを話した。

「勘次郎を絞めあげて、家移りをしたおさんの家を教えろと……。それで教えてはいないんだな」

「兄さんは教えていません。でも、わたしどうして、そんなに辰蔵がしつこいのか気になって、おさんさんに会って話を聞いたのです」

「それで……」

要之助はまっすぐおゆきを見つめる。

「言いにくいことなんですけど、おさんさんは正直なことを話してくれたと思うんです。聞いて驚きましたけど……」

「どんな話だったんだ？」

おゆきは一度躊躇い視線を外してから、意を決したような顔を要之助に向け直した。

「じつは兄さんとおさんさんは、ちょっと深い仲になっていたんです」

「深い仲……」

「こんなことはおよしちゃんには言えませんけれど、そのことを辰蔵が知ったようで、それでおさんさんはお金をねだられていたんです。そんなことでおさんさんには弱みがあります。それだけでなく、おさんさんは辱めも受けているんです。そうなってもおさんさんは泣き寝入りするしかありません。そんなことがあって、辰蔵が旅に出た間に家移りしたんですけど、そんなことで誤魔化しは利きません」

「あきれたことだ。だが、辰蔵から逃げるのは難しいだろうな」

「わたし、どうしたらよいかわからなくなり、誰に相談したらいいか、ずっと悩んでいたんですけれど、親には言えないし、上の兄さんにも話しづらいし、もし打ちあけてしまえば大袈裟なことになると思うのです。そうなったら、勘次郎兄さんもおさんさんも世間の笑い物になるし、およしちゃんを悲しませることにもなります」

「ま、そうだろうな」

要之助は難しい話だと思った。おゆきが身内を守りたい気持ちはわかる。罪作りなのはおさんと勘次郎だろうが、質が悪いのはそれを種におさんを強請る辰蔵だ。

要之助は腕を組んでよい方策はないかと思案する。

「いっそのこと辰蔵が死んでしまえばいいのに。誰かに殺されてしまえばいいのにと、わたしそんな怖ろしいことを考えてしまいました」

要之助ははっと目をみはった。

「そうなれば、まるく収まるんです。でも、そんなことはないから……」

「おさんと勘次郎が深い仲だと言ったが、いまもそうなのか？」

「いいえ、いまは何もないとおさんさんは言いました。過ちを犯したことを悔いています」

「それがまことだとしても、辰蔵はそのことをどうして知ったのだ？　ほんとうに辰蔵は知っているのか？」

　それはわからないと、おゆきは首をかしげた。

「もし、辰蔵の勘繰りだとしても、おさんは勘次郎との仲を辰蔵に認めたのか？」

「いいえ、それもわかりません」

「そうか。しかし、このまま黙っていれば、辰蔵はいずれおさんを捜し出すだろうし、金をねだりつづけるだろうな。勘次郎も気が弱そうだから、金をむしり取られるかもしれねえな」

「そうなのです。だから、わたし困って……」

「おゆき、おさんに会わせてくれねえか。じかに話を聞きたい。辰蔵にはそのあとで会って話をする」

　おゆきははっと瞳(ひとみ)を大きくした。

「夏目様、力になってくださるのですね」

「そんな話を聞かされて黙っているわけにはいかねえだろう」

おさんの家に向かったのはそれからすぐだ。

「わからねえことがひとつある。おさんはなにゆえ、勘次郎に店をまかせているんだ。まあ、それだけ勘次郎が信用されているからだろうし、いい仲になったってこともあるだろうが……」

要之助は歩きながらおゆきの横顔を見た。

「おさんさんは亡くなった旦那さんの後添いなんです。だから商いについて詳しくないんです。それで、誰か信用のおける人にまかせたほうが楽だという思いで、兄さんを頼っているのだと思います」

「そうか後添いだったか。なるほど……」

「だからといって、亡くなった旦那さんが手塩にかけて商ってきた店を潰すわけにはいかないでしょう」

「もっともなことだ」

おさんの家に着くと、要之助は早速用件を切り出した。

「話はおゆきから聞いたが、困ったことになったな。家を移れば辰蔵から逃げられると思ったんだろうが、そうは問屋が卸さないようだ。それでおさん、どうするつもりだ」

おさんは当惑したように目をしばたたく。

「おさんさん、夏目様はきっと力になってくださるわ。このままだとずっと辰蔵につきまとわれることになるんじゃなくて、それじゃ困るでしょう」

おゆきが言葉を添える。

「聞くが、おまえさんと勘次郎はいい仲になったらしいが、いまはなにもないんだな」

要之助はおさんを眺める。

「いまはもう一切ありません」

「辰蔵にその仲を知られたのはどうしたわけだ。ほんとうに辰蔵は知っているのか？　それとも辰蔵に鎌（かま）をかけられて、それを認めたのか？」

「わたしは認めてはいません。下手な勘繰りはやめてくださいと言ってるんですけど、嘘は通じないおれは知っているんだと言い張られ、噂を広めてもいいがどうすると脅され……。自分が黙っていれば波風は立たない、口止め料を出すか、噂を広められたいか、どっちを選ぶと言われまして……」

「それで？」

「ありもしない噂を立てられるのは困ると言いました。だけど、辰蔵は決めつける物言いをしたんです」

「どんな？」

要之助は真剣な目をおさんに向ける。

「ありもしないと言うけど、わたしと勘次郎さんの仲はあやしい。あやしいというだけで噂は立てられる。それが世間の習いだと脅されると、わたしも噂なんか広められたくないのでお金をわたしました」

「それは一度や二度ではなかった」

「何度もです」

「手込めにもされたらしいな」

「恥ずかしい話です。わたしは必死に抗ったんですけど無理やり……」

おさんは唇を嚙んでうつむき、膝に置いた手をにぎりしめた。

「辰蔵はあやしいというだけで噂は立てられると言ったんだな」

おさんは「はい」と、うなずいた。

「ほんとうに勘次郎との仲を知られていないという自信はあるか？」

「辰蔵が知っているはずはないんです。おそらく、勘次郎さんが遅くまでわたしの家にいたことを知ったからだと思うんです。それは帳簿をあらためるために遅くなったただけだと言っても信用しないんです」

「これまでいくら払った？」

「三十両……いえ、四十両ぐらいかしら」

「そんなに」

おゆきが驚いたようにつぶやいた。要之助も驚いたが、

「よし、辰蔵と話をする。それで決着をつけてやる」

と、目を光らせてすっくと立ちあがった。

十

「まさか夏目様、辰蔵を斬るつもりではないでしょうね」

要之助を追いかけてくるおゆきがかたい顔を向けてきた。

「いざとなればどうなるかわからん」

答える要之助は腹をくくっていた。辰蔵の出方次第では刀を抜くことになるかもしれぬと。しかし、人を斬ったことはないし、斬ったらどうなるだろうかという不安もある。

「血は見たくありません。どうか穏やかに……」

おゆきが言葉を添える。要之助は黙ってうなずく。

辰蔵の長屋に入ったが、腰高障子は閉まっていた。留守のようだ。ためしに声をかけたが、やはり返事はない。

「辰蔵さんなら、さっき出かけましたよ」

隣のおかみが要之助とおゆきに気づいて教えてくれた。

どこへ行ったかわかるかと聞くと、それはわからないと首をかしげる。

「まさか兄さんの店に。昨日も辰蔵は兄さんの家に怒鳴り込んでいます。おさんさんを捜すのに必死だからまた行っているかもしれません」

おゆきがそう言うのへ、要之助はあり得ることだとうなずき、今度は三河町の栄屋に足を向けた。

江戸の町には秋晴れの空が広がっている。風も穏やかで暑さはずいぶんやわらいでいた。しかし、要之助はなんとしてでもおゆきたちの役に立ちたいと、気持ちを高ぶらせていた。

栄屋の近くまで来たとき、要之助とおゆきは足を止めた。店の前に小僧の幸助が怯(おび)えた顔で立っていたからだ。手代の佐平は、戸口に張りついて店のなかをのぞきながらおどおどしている。

「おい、何をしてんだ？」

要之助が声をかけると、佐平と幸助が同時に振り返った。

「辰蔵さんが暴れているんです」

佐平が声をふるわせて言った。同時に店のなかから怒鳴り声が聞こえてきた。

「言えと言ってんだ！　てめえが知らねえわけがねえ！」

辰蔵の声らしい。要之助はおゆきに表で待つように言って、暖簾をめくって店に入った。

土間に置かれた味噌桶と麴桶が転がっていた。辰蔵は帳場にいる勘次郎の襟首を絞めあげ、ねじ伏せていた。文机がひっくり返り、帳面や算盤が散らばっていた。

「どこだ？　どこに越したんだ？　言わねえか、この野郎ッ！」

「おい。やめねえか」

要之助は落ち着いた声をかけた。勘次郎をねじ伏せている辰蔵がぎらついた目を向けてきた。

「なんだてめえは？　客か？　客なら取り込み中だからあとにしろ」

辰蔵は相手が侍でも遠慮のないことを言う。

「ずいぶんなお取り込みではねえか。てめえが辰蔵か？」

「ああ、そうだ。てめえはなんなんだ？」

「おれは見てのとおりの侍だ。いいから勘次郎から手を離せ」

要之助が近づくと、辰蔵は勘次郎を突き放してにらんできた。

「なんだ。何の用だ？」

「おめえに用があって来たんだ」

「なんだと……」

辰蔵は要之助を嘗めるような目で見て、

「浅黄裏がおれに何の用だ？」

と、人を見くびった口を利く。浅黄裏とは野暮な江戸勤番を小馬鹿にして言う隠語である。

「大事な話をしなきゃならねえ。それにしてもこんなに店をめちゃくちゃにしやがって、とんでもねえ野郎だ」

要之助は荒れている店を眺めてから辰蔵ににらみを利かせた。勘次郎は泣きそうな顔で乱れた着物を直していた。

「そんなのあんたにゃ関わりのねえこった。それでなんの話があるってんだ」

「おさんのことだ。おれはおさんの引っ越し先を知っているんだ」

辰蔵はくわっと切れ長の目を見開いた。

「まあ、穏やかに話そうじゃねえか。勘次郎、奥の座敷を借りていいかい？」

「は、はい」

勘次郎がおののきながら答えると、要之助は帳場に上がり込み、辰蔵を奥の座敷にいざなった。

「威勢のいい男だな」

向かい合って座るなり、要之助は辰蔵を凝視した。

「おさんの引っ越し先を知ってると言ったな。どこだ？」

「まあ、それはあとの話だ。それにしてもてめえは、ずいぶんおさんから金を巻きあげてるらしいじゃねえか。人を脅したり金をねだるのはそれで終わりにしねえか」

「人聞きの悪いことを言いやがる。金なんかねだってなんかいやしねえぜ。ありゃあ、ちょいとした口銭さ」

辰蔵は口の端に皮肉な笑みを浮かべた。

「口銭と言いやがるか。それで、おめえはおさんと勘次郎の仲を種に強請(ゆす)っているらしいが、どういう証拠があってそんなことを言ったんだ。二人が乳繰り合っているのをその目で見たのか?」

「へん、見ちゃいねえさ。いねえが、二人がただの仲じゃねえってのはお見通しだ。その証拠におさんは口止め料をおれに払ってくれてる。つまり、おさんは勘次郎とできていたってことを認めたんだ。それでいったいあんたはどこの何者なんだ。町方でもあるまいし、妙な詮索は迷惑だ」

辰蔵はふて腐れたように胡坐を組み直す。

「おれは美園藩藤田家の家臣だ。夏目要之助と言う」

「それじゃやっぱり浅黄裏じゃねえか」

ふんと、辰蔵は小馬鹿にしたように鼻を鳴らした。にわかに要之助は怒りを覚え、辰蔵をにらみつける。

「すると、つまりは証拠もなく、おめえはおさんを脅しているってことになるな。そして、嫌がるおさんを手込めにもした」

「おいおい、おさんはよがって喜んだんだ。手込めだなんて冗談じゃねえぜ」

「おさんは無理やりおまえに乱暴されたと言ってんだ。女の力じゃ抗うこともできなかったんだろう」

「なんとでも言え、おれは喜ばしてやっただけだ」

「されど、おさんは無理やり手込めにされたと言っている。そのことが御白洲の上で明らかになったらおめえは逃げ場がないぜ。それに金を強請り取ってもいる。この店で乱暴狼藉をはたらいてもいる。そうだな」

「おれはおさんの引っ越し先を聞きに来ただけだ」

「嘗めるな辰蔵……」

要之助は目に力を込めてにらんだ。

「おれは浅黄裏かもしれねえが、目付だ」

ひくっと辰蔵の眉が驚いたように動いた。

「目付がどんな仕事をするか知らねえわけじゃなさそうだな。いざとなったらてめえを引っ立てて、町奉行所に送り込むことだってできるんだ。はたけば埃の出そうなおめえだ。いずれ牢屋敷暮らしになる覚悟があるなら、おれといっしょに町奉行所に行くか」

辰蔵は黙り込んでにらみ返してきた。町人のくせに肝の据わった男だ。だが、要之助はれっきとした武士であるから、さらににらみを利かせる。

「そんなことでおれが尻尾を巻くと思うのかい」

「おい、おれはおとなしく話をしてるんだ。それからおれはこの店の用心棒になった」

勝手に決め込んだ言葉の綾であるが、辰蔵は意外だという顔をした。

「これ以上迷惑をかけやがると、おれが承知しねえ」

要之助はそう言うなり、膝横に置いている刀を素速く抜いて、ぴたりと辰蔵の首筋につけた。一瞬にして辰蔵の体が固まり、顔色をなくした。

「おれは気が短えんだ。ここでばっさりやってもいい。本気だぜ」

少し腕に力を入れた。刃が辰蔵の皮膚にわずかに沈む。とたん、辰蔵の顔に怯えが走った。

「や、やめろ。や、やめてくれ」

「てめえはおれを浅黄裏だと馬鹿にしやがった。侍には無礼打ちが許されている。店の者もおれたちのやり取りに聞き耳を立てているはずだ。おれがてめえを斬っても罪には問われねえ。おめえだけが地獄に落ちることになる」

「や、やめてくれ。そ、それだけは勘弁だ」

辰蔵はさっきまでの威勢はどこへやら体をふるわせた。

「約束してもらう。金輪際この店にもおさんにも近づかないと……。てめえは甘い汁を吸ったんだ。それで満足だろう。それでも満足しねえと言うなら、死んでもらう」

「ああ、やめてください。ご、ご勘弁を……」

「どうなんだ。約束するのかしねえのか」

「し、します。しますからご勘弁を……」

要之助は刀を引いた。辰蔵はまだふるえていた。

「男に二言はないぜ」

「わ、わかっています」

「ならば、さっさと去ね。どこぞへと好きなところへ行くがいい」

「は、はい」

辰蔵は尻をすってあとじさるなり、さっと立ちあがったかと思うと、化け物にでも出会ったように栄屋を飛びだしていった。

十一

江戸勤番の暮らしにも慣れた七月中旬であった。それは、要之助がおゆきの相談事の一件を片づけたその翌日である。

「番割を申しつけられましたから、これまでのように気ままに外出はできなくなりましたね」

ため息をつきながら清兵衛が言う。

「そうだな」

要之助は気の抜けた返事をして、開け放している長屋の戸口の外を眺めた。数人の徒侍（かちざむらい）が御殿前の庭を横切り、馬場のほうへ歩き去った。

江戸詰の仕事は屋敷の警固が主たるもので、その他にやることといえば藩主外出の折の供と、藩主登城時の供だ。供につくのは十人から三十人がせいぜいなので、やはり仕事は屋敷の警固と見廻（みまわ）りである。

徒目付の要之助と下目付の清兵衛の役目は、その屋敷警固の藩士の監視である。仕事は楽といえば楽だが退屈なことに変わりはない。

「番割は五日であったか……」

要之助がつぶやく。

「さようになりました」

「五日勤めて五日休みということか……」

「さようです」

要之助はおゆきに会いたかった。性悪な辰蔵を懲らしめたことで、おゆきも栄屋の勘次郎も、そしておさんもほっと胸を撫で下ろしている。

大いに感謝されはしたが、おゆきと相撲や花火や芝居を見に行く日取りを決めていない。

つぎの休みにはその日取りを決めようと考えていた。

そして五日後の明け番になった日に、要之助はおゆきを訪ねた。大和屋の勘兵衛も要之助の顔を見れば、「おゆきでございますね」と心得たものだ。手代の直助然り、おゆきの長兄勘太郎も快く迎えてくれる。

要之助はおゆきを誘い出すと、近所の茶屋の床几に並んで腰掛けた。

「先だっては夏目様にはお世話になりました。あらためてお礼申しあげます」

「いやいや、さほどのはたらきをしたわけじゃねえからいいってことよ」

要之助は面映ゆさを感じながら茶に口をつけ、

「ところで相撲見物はいつにする？　聞いたが、回向院の相撲はそりゃあ見物だって言うじゃないか」

「つぎは冬ですから、回向院の相撲はまだ先ですわ。でも、いっしょには見に行けません」

「は、なにゆえ……」

要之助は目をしばたたいておゆきを見る。

「女の人は勧進相撲は見られないんです。そういう決まりになっているのです」

「へえ、そうだったのか。そりゃ残念だ」

要之助は落胆した。

「でも、花相撲でしたら見られます。秋祭りできっとやりますから。それならごいっしょできますわ」

要之助の落胆が浮かれ心に変わった。

「そりゃいいな。で、花相撲ってのはどんなものだ」

初切(しょっきり)りや相撲甚句が披露され、ひとりの力士に五人がかかる相撲だとおゆきが教える。

「そりゃ楽しそうだ。是非にも行こうじゃないか」

「はい、そうですね。でも行けるかしら」

おゆきは浮かない顔をする。

「なにか都合でも悪いのかい？」

「じつはわたしの嫁入りが決まったのです」

「は……」

おゆきは照れくさそうな笑みを浮かべ、前々からあった話が二日前にまとまったと付け足した。

「そりゃよかったな。目出度いじゃないか。そうか、それはおめでとう」

要之助は無理な笑顔を向けたが、心なしか頬が引きつっていた。

「ありがとうございます。それに祝言は十日後なんです」

（そんなに早く……）

「すると相撲はだめか……」

「花火もごいっしょできないかも。これから嫁入り支度をしなければならないので……」

おゆきは嬉しそうにうつむきもじもじする。要之助の顔はこわばる。

「そうか……」

「お嫁に行けば勝手に外出もできないし、他の男の方と遊ぶこともできませんから。たとえ夏目様でも……」

「そりゃそうだろう」

要之助はため息をつきたくなったが、堪えた。

「でも、夏目様」

　おゆきがさっとあかるい笑顔を向けてくる。日の光を受ける瓜実顔が嬉しそうにほころんでいた。

「栄屋の兄さんのお店にはときどき遊びに行ってくださいね。兄さんはとっても夏目様に感謝しているし、いつでも寄ってもらいたいと言っています」

「そうだな。たまには顔を出してやるよ」

　要之助は近くにある火の見櫓を眺めた。その背後には秋の空が広がっている。火の見櫓の屋根に止まった鴉が鳴き声をあげた。「カアー、カアー」と鳴く声が、「バーカ、バーカ」に聞こえた。

「おっと、用事を思いだした。こうしちゃおれねえんだ。ちょいと行くところがあってな。おまえも嫁入り支度で忙しいだろう。でも、おゆき。いい話を聞かせてもらった。幸せになるんだぜ」

　要之助は心で泣きながらおゆきに笑顔を見せた。

「ええ、ありがとう存じます」

　茶屋の前でおゆきと別れると、要之助は日本橋のほうに向かった。用事もなければ行くところもない。秋晴れの空を眺めて大きなため息をついた。

そのとき、横町から飛びだしてきた男とぶつかった。要之助は転げそうになりながら、「馬鹿野郎！　どこ見て歩いてんだ！」

と、悪態をついた。

「申しわけございません」

男はぺこぺこ頭を下げてあやまると、逃げるように急ぎ足で去って行った。要之助はその男を見送って少し歩いたとき、懐が軽くなったことに気づき手をあてた。財布がなかった。

「やられた。ちくしょう。おい、待ちやがれ！」

要之助は尻（しり）を端折（はしょ）ると、人波をかき分けて掏摸（すり）を追ったが、もうその姿は見えなかった。

本書は書き下ろしです。

武士はつらいよ

江戸出府

稲葉 稔

令和7年 1月25日 初版発行

発行者●山下直久

発行●株式会社KADOKAWA
〒102-8177 東京都千代田区富士見2-13-3
電話 0570-002-301(ナビダイヤル)

角川文庫 24513

印刷所●株式会社暁印刷
製本所●本間製本株式会社

表紙画●和田三造

◎本書の無断複製(コピー、スキャン、デジタル化等)並びに無断複製物の譲渡および配信は、著作権法上での例外を除き禁じられています。また、本書を代行業者等の第三者に依頼して複製する行為は、たとえ個人や家庭内での利用であっても一切認められておりません。
◎定価はカバーに表示してあります。

●お問い合わせ
https://www.kadokawa.co.jp/ (「お問い合わせ」へお進みください)
※内容によっては、お答えできない場合があります。
※サポートは日本国内のみとさせていただきます。
※Japanese text only

©Minoru Inaba 2025 Printed in Japan
ISBN 978-4-04-115895-1 C0193

角川文庫発刊に際して

角川源義

第二次世界大戦の敗北は、軍事力の敗北であった以上に、私たちの若い文化力の敗退であった。私たちの文化が戦争に対して如何に無力であり、単なるあだ花に過ぎなかったかを、私たちは身を以て体験し痛感した。西洋近代文化の摂取にとって、明治以後八十年の歳月は決して短かすぎたとは言えない。にもかかわらず、近代文化の伝統を確立し、自由な批判と柔軟な良識に富む文化層として自らを形成することに私たちは失敗して来た。そしてこれは、各層への文化の普及滲透を任務とする出版人の責任でもあった。

一九四五年以来、私たちは再び振出しに戻り、第一歩から踏み出すことを余儀なくされた。これは大きな不幸ではあるが、反面、これまでの混沌・未熟・歪曲の中にあった我が国の文化に秩序と確たる基礎を齎らすためには絶好の機会でもある。角川書店は、このような祖国の文化的危機にあたり、微力をも顧みず再建の礎石たるべき抱負と決意とをもって出発したが、ここに創立以来の念願を果すべく角川文庫を発刊する。これまで刊行されたあらゆる全集叢書文庫類の長所と短所とを検討し、古今東西の不朽の典籍を、良心的編集のもとに、廉価に、そして書架にふさわしい美本として、多くのひとびとに提供しようとする。しかし私たちは徒らに百科全書的な知識のジレッタントを作ることを目的とせず、あくまで祖国の文化に秩序と再建への道を示し、この文庫を角川書店の栄ある事業として、今後永久に継続発展せしめ、学芸と教養との殿堂として大成せんことを期したい。多くの読書子の愛情ある忠言と支持とによって、この希望と抱負とを完遂せしめられんことを願う。

一九四九年五月三日

角川文庫ベストセラー

風塵の剣 (一)　稲葉　稔

天明の大飢饉で傾く藩財政立て直しを図る父が、藩主の怒りを買い暗殺された。幼き彦蔵も追われながら、藩への復讐を誓う。そして人々の助けを借り、苦難や挫折を乗り越えながら江戸へ赴く――。書き下ろし！

風塵の剣 (二)　稲葉　稔

藩への復讐心を抱きながら、剣術道場・凌宥館の副師範代となった彦蔵。絵で身を立てられぬかとの考えも頭をよぎるが、そんな折、その剣の腕とまっすぐな性格を見込まれ、さる人物から密命を受けることに――。

風塵の剣 (三)　稲葉　稔

歌川豊国の元で絵の修行をしながらも、極悪人を裏で成敗する根岸肥前守の直轄〝奉行組〟として目覚ましい働きを見せる彦蔵。だがある時から、何者かに命を狙われるように――。書き下ろしシリーズ第3弾！

風塵の剣 (四)　稲葉　稔

奉行所の未解決案件を秘密裡に処理する「奉行組」として悪を成敗するかたわら、絵師としての腕前も磨いてゆく彦蔵。だが彦蔵は、ある出会いをきっかけに、大きな時代のうねりに飛び込んでゆくことに……。

風塵の剣 (五)　稲葉　稔

「異国の中の日本」について学び始めた彦蔵は、見聞を広めるため長崎へ赴く。だがそこでイギリス軍艦フェートン号が長崎港に侵入する事件が発生。事態を収拾すべく奔走するが……。書き下ろしシリーズ第5弾。

角川文庫ベストセラー

風塵の剣 (六) 稲葉稔

幕府の体制に疑問を感じた彦蔵は、己は何をすべきか焦燥感に駆られていた。そんな折、師の本多利明が襲撃される。その意外な黒幕とは？　一方、彦蔵の故郷・河遠藩では藩政改革を図る一派に思わぬ危機が――。

風塵の剣 (七) 稲葉稔

身勝手な藩主と家老らにより、崩壊の危機にある河遠藩。渦巻く謀略と民の困窮を知った彦蔵は、皮肉なことに、己の両親を謀殺した藩を救うために剣を振るうこととなる――。人気シリーズ、堂々完結！

喜連川（きつれがわ）の風　江戸出府 稲葉稔

石高はわずか五千石だが、家格は十万石。日本一小さな大名家が治める喜連川藩では、名家ゆえの騒動が次々に巻き起こる。家格と藩を守るため、藩の中間管理職にして唯心一刀流の達人・天野一角が奔走する！

喜連川（きつれがわ）の風　忠義の架橋 稲葉稔

喜連川藩の中間管理職・天野一角は、ひと月で橋の普請を完了せよとの難題を命じられる。慣れぬ差配で、手伝いも集まらず、強盗騒動も発生し……果たして一角は普請をやり遂げられるか？　シリーズ第2弾！

喜連川（きつれがわ）の風　参勤交代 稲葉稔

喜連川藩の小さな宿場に、二藩の参勤交代行列が同日に宿泊することに！　家老たちは大慌て。宿場や道の整備を任された喜連川藩の中間管理職・天野一角は奔走するが、新たな難題や強盗事件まで巻き起こり……。

角川文庫ベストセラー

喜連川（きつれがわ）の風
切腹覚悟
稲葉稔

不作の村から年貢繰り延べの陳情が。だが、ぞんざいな藩の対応に不満が噴出、一揆も辞さない覚悟だという。藩の中間管理職・天野一角は農民と藩の板挟みの末、中老から、解決できなければ切腹せよと命じられる。

喜連川（きつれがわ）の風
明星ノ巻（一）
稲葉稔

石高五千石だが家格は十万石と、幕府から特別待遇を受ける喜連川藩。その江戸藩邸が火事に！　藩の中間管理職・天野一角は、若き息子・清助を連れて江戸に赴くが、藩邸普請の最中、清助が行方知れずに……。

喜連川（きつれがわ）の風
明星ノ巻（二）
稲葉稔

喜連川藩で御前試合の開催が決定した。勝者は名家の剣術指南役に推挙されるという。喜連川藩士・天野一角の息子・清助も気合十分だ。だが、その御前試合に不正の影が。一角が密かに探索を進めると……。

大河の剣（一）
稲葉稔

川越の名主の息子山本大河は、村で手が付けられないほどのやんちゃ坊主。だが大河には剣で強くなりたいという想いがあった。その剣を決してあきらめないという強い意志は、身分の壁を越えられるのか――。

大河の剣（二）
稲葉稔

村の名主の息子として生まれながらも、江戸で日本一の剣士を目指す山本大河は、鍛冶橋道場で頭角を現してきた。初めての他流試合の相手は、川越で大河の運命を変えた男だった――。書き下ろし長篇時代小説。

角川文庫ベストセラー

大河の剣（三）　稲葉稔

日本一の剣術家を目指す玄武館の門弟・山本大河は、ついに「鬼歓」こと練兵館の斎藤歓之助を倒し、玄武館の頂点に近づいてきた。だが、大事な大試合に際し、あと1人というところで負けを喫してしまう――。

大河の剣（四）　稲葉稔

日本一の剣術家を目指す山本大河は、自らの強さを磨くために、武者修行の旅に出た。熊谷で雲嶺館の当主・稲村勘次郎を打ち破った大河だったが、師範代から再戦を申し込まれ――。待ち受けるのは罠か？

大河の剣（五）　稲葉稔

西国の武者修行の旅から江戸に戻った山本大河は、練兵館の仏生寺弥助から立ち合いを申し込まれた。練兵館で最強と噂される男との対戦を決意する大河。だが、身投げしようとしている子連れの女を見つけ――。

大河の剣（六）　稲葉稔

さらなる強さを求めて剣の修行を続ける山本大河。時代が風雲急を告げるなか、大河の前に立ちはだかる多摩の暴れ者・土方歳三。著者真骨頂の人気剣豪シリーズ第6弾！

大河の剣（七）　稲葉稔

幕末の動乱のなか、剣士たちは続々京へ。最強を求めて修行を続ける山本大河はついに自らの道場を立ち上げる。剣に生きる男の半生を描いた剣豪シリーズ、堂々完結！